Lara Cardella war zweifellos die literarische Entdeckung des Jahres 1989. Als Neunzehnjährige hatte sie einen sensationellen Erstlingsroman geschrieben, der alle Verkaufserwartungen übertraf. Lara Cardella stammt aus Sizilien, studierte klassische Philologie und lebt heute in einer Stadt auf dem italienischen Festland. Alle ihre Bücher erschienen im Fischer Taschenbuch Verlag: *Ich wollte Hosen* (Bd.10185), *Laura* (Bd. 11071), *Fedra* (Bd. 11777) und *Ragazza* (Bd. 12678)

Ich wollte Hosen 2. Mit diesem Buch kehrt Lara Cardella an den Schauplatz Sizilien zurück und knüpft direkt an ihren erfolgreichen Erstling an.

Annetta, die Heldin aus *Ich wollte Hosen*, ist einige Jahre älter und mittlerweile verheiratet, weil sie nicht mehr anders sein wollte als die anderen. Aber sie liebt ihren Mann nicht, der Ehevollzug ist gewalttätig und brutal. Weil es für sie zu Hause kaum etwas zu tun gibt und sie sich von ihrem Mann Nicola unabhängig machen will, geht Annetta arbeiten und behält ihr Einkommen für sich. In Giacomo, ihrem Arbeitgeber, lernt sie einen sympathischen älteren Mann kennen, in dessen zwanzig Jahre zurückliegende Liebesaffäre sie durch einen Fund von Liebesbriefen in dessen Schreibtischschublade eingeweiht wird.

Von ihrem sie vergewaltigenden Nicola wird Annetta schließlich schwanger, verliert ihr Kind aber wieder. Giacomo finanziert ihr eine Wohnung, damit sie sich in Ruhe erholen kann, auch von ihren Eltern, die ihr wegen ihrer Schwangerschaft einen Exorzisten auf den Hals hetzten.

Auch wenn Annetta, die unvergeßliche Heldin von *Ich wollte Hosen*, mittlerweile älter und verheiratet ist, hat sie immer noch Grund genug, sich gegen männliche Gewalt und dummen Aberglauben aufzulehnen. Wie stets hält Lara Cardella sich in ihrem Roman hart an die Wirklichkeit und verleiht in Annetta dem Ruf nach wirklicher Würde und Selbstbestimmung der Frauen ihre unüberhörbare Stimme.

Lara Cardella

Ich wollte Hosen 2

Roman

Aus dem Italienischen
von Irmengard Gabler

Fischer Taschenbuch Verlag

Deutsche Erstausgabe
Veröffentlicht im Fischer Taschenbuch Verlag GmbH,
Frankfurt am Main, Mai 1996

Die italienische Originalausgabe
erschien unter dem Titel ›Volevo i pantaloni 2‹
bei Arnoldo Mondadori Editore S.p.A., Milano

Gesamtherstellung: Clausen & Bosse, Leck
Printed in Germany
ISBN 3-595-13184-7

Gedruckt auf chlor- und säurefreiem Papier

Der Auswanderer nimmt, bevor er sein Land
verläßt, eine Handvoll Heimaterde mit sich.
Ich dagegen spuckte auf diese verfluchte Erde
und werde sie dennoch für alle Zeit bei mir tragen.

Ich habe nie vom Märchenprinzen geträumt. Und wer aus unserer Gegend hier nicht vom Märchenprinzen träumt, ist entweder eine verheiratete Frau oder ein Mann. Ich hatte geheiratet und schon lange kein Mann mehr sein wollen. Mein Angetrauter heißt Nicola.

Immer wieder kommt mir meine Tante Vannina in den Sinn, wie sie mich fragte, weshalb ich denn nur geheiratet hätte, und ich ihr wahrheitsgetreu antwortete: »Einen Kopf kann ich umkrempeln, aber nicht alle...«

In Wirklichkeit aber kann man Köpfe nicht umkrempeln, schon gar nicht die der Bewohner meines Dorfes. Jeder lebt hier nach den scheinheiligen Moralvorstellungen der Väter und ist der festen Überzeugung, den eigenen Ideen zu folgen, nur weil er dem Althergebrachten ein paar persönliche Erfahrungen beigemengt hat, wobei diese natürlich längst durch vorgefaßte Meinungen verfälscht sind. Und solch ein Wissen gibt er dann an die Kinder weiter.

Ich war anders, und das bedrückte mich. Es wäre einfacher für mich gewesen, ein Schaf in der Herde zu sein. Was wollte ich schon? Ich lag mit meinen

Träumen vollkommen daneben. Niemand verstand mein Verlangen nach Freiheit, mein Bedürfnis danach, Frau zu sein, nicht nur aufgrund des Alters, sondern aufgrund von Erfahrungen. Und ich wußte, daß ich niemals ein Mann hätte sein wollen, nur um all die Privilegien zu genießen, die man mir als Frau versagte, sozusagen von der Natur zum Verzicht gezwungen.

Nun war ich also eine Ehefrau. Ich fühlte nur hin und wieder die Verantwortung auf mir lasten, auf diese Weise an Nicola gebunden zu sein. Aber war es nicht wieder meine Schuld, wenn ich keine Ehefrau sein konnte wie die anderen, es einfach nicht konnte? Wenn ich nicht begreifen, nicht akzeptieren konnte, daß Nicola nicht nur mein Gatte, sondern zugleich mein Gebieter war? Ich versuchte redlich, mich zu ändern, mich den Umständen »anzupassen«. Nicola war kein übler Kerl, er war nur einfach ein Mann aus unserer Gegend, weder besser noch schlechter als die anderen.

Mit mir als Ehefrau hatte er nicht gerade das große Los gezogen, und das merkte er schon recht bald, der Ärmste. Ich taugte nicht dazu, lustig und fidel in der Küche zu werkeln oder ein Liedchen trällernd mit Wischlappen und Putzmittel zu hantieren; und eine ältere Signora, die mir bei der Hausarbeit ein wenig zur Hand gehen konnte, hätten wir uns niemals leisten können. Und weshalb wohl auch? Ich mußte wirklich verrückt sein, nur an solch eine Möglichkeit zu denken: Schließlich war ich Ehefrau, und als solche hatte ich mich um den Haushalt zu kümmern. Meine Rolle bestand darin, geduldig zu warten, bis mein innig geliebter Herr und Gebieter nach Hause kam, und ihm sodann eiligst die angewärmten Pantoffeln zu bringen.

Meine Pflichten... An ein paar meiner vielen, allzu vielen Pflichten konnte ich mich nach und nach gewöhnen, vor allem dank der zärtlichen Ermutigungen meines Gatten (»Du Schlampe! Siehst du die Sauerei hier nicht?«) und seiner Familie (»Bei mir glänzen die Fensterscheiben... Was nimmst du eigentlich für den Boden? Du mußt ein anderes Mittel nehmen.«). Was meine Kochkünste anbelangte, so möchte ich lieber nicht allzu viele Worte darüber verlieren. Allerdings bemühte ich mich, was mir an Können fehlte, durch Phantasie zu ersetzen. Und auch hierfür sparte mein Nicola nicht mit liebevollen Komplimenten: »Das soll Sugo sein?«

Ich nehme es ihm nicht einmal übel. Es fällt mir nicht schwer, einem Menschen zu verzeihen, wenn ich das Umfeld betrachte, in das er eingebunden ist. Den Leuten von hier unten jedoch, dieser verrohten, stumpfen, bösen Allgemeinheit, kann ich nicht verzeihen, denn sie züchtet solche Männer und Frauen und zwingt sie, ihr Leben lang zu bleiben, was sie sind.

Trotzdem fühlte ich mich nahezu glücklich. Was gewesen war, geriet immer mehr in Vergessenheit, meine gefühlskalte Mutter, mein Vater, der nur als personifiziertes Verbot existierte, mein Bruder, der natürliche Fortsatz meines Vaters, das Haus mit den rußigen Wänden, und schließlich er, mein Onkel... Er war nicht mehr da, saß im Zuchthaus, wenn ich mir auch oft sagte, daß dies nicht genügte. Würde ich seine versuchte Vergewaltigung irgendwann vergessen können, die mich, das schwache Kind, mit einem Mal ganz stark werden ließ? Würde ich irgendwann die Gesichter seiner Töchter vergessen oder ihre Worte »Hab keine Angst, Annè ... Da kommt dann die Milch raus...«, oder sein Lachen?

Ich konnte die Erinnerungen zwar nicht auslöschen, aber die Abwesenheit dieser Menschen erleichterte meine Bemühungen, sie zu verdrängen. So gelang es mir schließlich, mich trotz meiner Sklaverei frei zu fühlen. Außerdem bin ich der Überzeugung, daß wahre Freiheit ohnehin nicht existiert. Wir leben alle in eingegrenzten Räumen und dürfen nur das tun oder sagen, was der, der uns eingesperrt hat, zuläßt.

Wollte ich noch immer Hosen? Ich hätte einfach nur unseren Schrank zu öffnen, ein beliebiges Paar meines Mannes, in beliebiger Farbe, herauszunehmen und anzuziehen brauchen. Das aber war nicht, was ich wollte. Mir ging es um das Recht, Hosen zu tragen, ohne vorher irgend jemanden um Erlaubnis bitten zu müssen. Ich wollte ich selbst sein dürfen, so, wie ich nun einmal war, ohne mich verstellen und die Rechtschaffene spielen zu müssen.

Wieder kam mir Tante Vannina in den Sinn, die mich einmal die viel zu weiten Hosen ihres Mannes tragen ließ. Was haben wir damals gelacht. Wir hätten lieber weinen sollen. Ich tat doch niemandem weh, wenn ich ein Mädchen in Hosen sein wollte. Ich hätte meine Standarte, meine Flagge mit Würde und Stolz getragen.

Mit Nicola sprach ich nie über diese Dinge. Er hätte mich mit Sicherheit nicht verstanden und mir das gleiche gesagt wie vor einer halben Ewigkeit meine Mutter. Als verheiratete Frau war es ohnehin noch weit unschicklicher, Hosen zu tragen, noch verrückter, solches überhaupt zu wünschen. Und ich war eine verheiratete Frau.

Unsere Flitterwochen verbrachten wir bei uns zu Hause, weil wir nicht viel Geld hatten, und überhaupt, wozu hätten wir auch verreisen sollen? Was man in Venedig tut, geht zu Hause doch weit bequemer und sparsamer. Und die Romantik? Wo um alles in der Welt steht geschrieben, daß eine Frau Anspruch hat auf Romantik?

Nicola hatte die Chance erhalten, als Empfangschef in einem Hotel zu arbeiten (er selbst hatte sich diesen stolzen Titel verliehen; in Wirklichkeit war er das Faktotum, um es schön auszudrücken, und seine Aufgaben reichten vom Reinigen der Badezimmer bis zum Servieren des Frühstücks; dazu mußte er, gemeinsam mit dem Eigentümer, einem gut betuchten alten Adeligen, die wenigen Gäste empfangen). Es war das einzige Hotel in der Gegend, das Eccelsior… Mit zwei ›c‹, das schwöre ich, wie die falsche Ware in den Verkaufsständen, die sich mit bekannten Namen schmückt, den großen, bedeutenden Markenprodukten. Und wie eine falsche Rolex hatte auch das Eccelsior eine beeindruckende Fassade, ein hochherrschaftliches Äußeres und ein armseliges Innenleben: Es schien schmuddelig, obwohl alles auf Hochglanz poliert war, grau, obwohl die Wände frisch getüncht waren, baufällig, obwohl es erst wenige Jahre stand.

Meine Hochzeitsnacht.
Wenn ich jetzt daran denke, könnte ich sogar darüber lachen. Damals aber weinte ich. Sehr sogar. Weil Mama mir wirklich nichts darüber gesagt hatte und ich infolgedessen keine große Spezialistin war auf diesem Gebiet, im Gegenteil. Ich versuchte verzweifelt, mich an die Anweisungen und Erfahrungen Angelinas zu erinnern (»Wenn du mit einem Mann sprichst, dann schau ihm auf den Mund.«), an ihre Gesten, die Nuancen ihrer Stimme, an die Signale einladender Sinnlichkeit, die sie aussandte, ihre

Augen, die sie zuweilen halb geschlossen hielt. Die Bilder jagten, überlappten einander, bis mir schließlich eine Szene klar vor Augen blieb: Angelina, die meine Haare im Nacken zusammenfaßte und nach oben hielt, weil ich so wesentlich besser aussähe... Das wußte ich, doch im Augenblick war es nicht von Belang, gab es Wichtigeres zu denken. Alles war so schwierig, so verwirrend, und mir blieb nicht mehr viel Zeit. Das Ritual duldete keinen Aufschub.

Meine bescheidene Mitgift enthielt unter anderem ein paar Nachthemden; ich schloß mich in unserem engen Badezimmer ein und zog eines an. Wahrscheinlich stellte Nicola sich vor, während er die Kleider ablegte, daß ihm wie durch ein Wunder, durch diese Tür plötzlich eine neue Annetta entgegentreten würde, aufreizend und duftig, von Rüschen und Spitzen umschmeichelt. Um ehrlich zu sein, mangelte es dem Nachthemd, das ich wählte, nicht einmal an Rüschen und Spitzen. Es hätte sogar ganz hübsch sein können, wäre es nicht um einiges zu lang, zu weit, zu altmodisch gewesen und außerdem viel, viel zu weiß.

Mit gelöstem Haar, gesenkten Lidern und meinem schlotternden Nachthemd näherte ich mich dem Bett. Ich fühlte mich wie ein Lämmchen, das zur Schlachtbank geführt wird und spürt, daß etwas Schreckliches mit ihm geschehen wird, aber nicht genau weiß, was.

Mir war zum Weinen zumute. Ich hatte langsam auf das Bett zuschreiten wollen, doch als ich Nicola lachen hörte, flüchtete ich mich wie der Blitz unter die Laken. Sein Lachen war schmierig, ließ sich nicht bezähmen und zerriß die Worte, die er sprach. Er lachte über mich.

Ich machte mich ganz klein unter den Tüchern, schämte mich, nicht schön zu sein, und war unfähig, auch nur ein Wort zu sagen.

Noch immer lachend schob er sich näher, tastete nach meinen Haaren und streichelte sie.

Ich wich zurück, nicht etwa aus verletztem Stolz, ich wußte, daß ich nicht schön war. Er betastete mich weiter. »Zieh es aus…«, sagte er, noch immer lachend, »ohne siehst du besser aus…«

Ich sollte mich ausziehen, während er lachte. Ich rührte mich nicht, verstand nicht. Wie konnte er mit mir schlafen wollen, wenn ich ihm doch so gar nicht gefiel? Nun ja, ich wußte eben noch nicht, daß ein Mann bereit ist, jedes Opfer zu bringen, um seinen ehelichen Pflichten nachzukommen…

Jetzt lachte er nicht mehr. Ich hatte ihn nervös gemacht. Hastig zog er mir das Nachthemd aus und redete auf mich ein. Ich kann mich nicht mehr an seine Worte erinnern, nur noch an seinen nackten, splitternackten Körper, meine geschlossenen Augen, den Geruch seiner Erregung, daran, wie er auf mir lag, den Schmerz.

Ich verbiß mir den Schrei, während meine Finger sich um das Bettuch krampften.
Er redete weiter, schweißgebadet, sagte etwas über meinen Onkel, während er weitermachte. Es war mir gleich.
Als er gekommen war, streckte er sich einen Moment lang neben mir aus, und ich öffnete die Augen: die weiße Zimmerdecke, die brennende Lampe... Dachte ich etwas? Wahrscheinlich nicht.
Er stand auf, zündete sich eine Zigarette an, legte sie auf den Rand des Aschenbechers und ging ins Badezimmer, um sich zu waschen.
Ich lag noch immer auf dem Rücken und starrte zur Decke hinauf, als er zurückkam, seine Zigarette nahm, sich neben das Bett stellte und mir sagte, ich müßte die Laken wechseln. Ich begriff nicht. Was sollte das nun wieder bedeuten? Verständnislos starrte ich ihn an.
Rauchend wiederholte er: »Die Laken sollst du wechseln! Siehst du nicht, daß sie dreckig sind?«
Ich senkte den Blick auf das Bett. Mein rotes Blut auf den weißen Tüchern... Das geopferte Lamm... Grauenhaft! Es war nicht meine Schuld. Es war mein Blut, aber vergossen hatte es ein anderer. So also war es, wenn man Liebe machte? Warum hieß es so, wenn es doch nicht das geringste zu tun hatte mit der Liebe? Wenn die einzigen Gefühle, die man dabei empfand, Rohheit waren, Ekel und Einsamkeit?

Ich haßte Nicola, sein Schweißgestank schien nicht mehr weichen zu wollen. Er verfolgte mich, hatte das gesamte Zimmer und alle Dinge darin durchdrungen.

Ich weinte leise und spürte meine salzigen Tränen auf der Zunge. Kein Schluchzen verriet mich, und Nicola merkte nichts. Nur ich wußte von meinem Kummer, und ich genoß es fast, meine Tränen zu schmecken, denn sie gehörten mir, mir allein, er sollte nichts von ihnen wissen. Sie hätten ihn wohl ohnedies nicht interessiert. Höchstens gestört. Schließlich wollte er jetzt schlafen, der rohe Kerl.

Ich wechselte also schweigend die Laken.

Er versuchte, mich zu küssen, bevor er mir den Rücken zudrehte. Der Kuß streifte meine Wange und ließ mich wach zurück.

Tags darauf war ich eine Signora. Ich, Annetta, war eine Signora. Und was ist eine Signora? Hätte ich mich nun etwa anders fühlen sollen? Erwachsen, weil ich mich um den Haushalt kümmerte und meinem Mann das Essen kochte? Respektiert, weil man mich von nun an siezen würde? In meinem Inneren war alles beim alten geblieben. Ich war noch immer das kleine Mädchen, das für sein Leben gern spielte.

Das einzige, was mir meine Situation bewußt machte, war die Erinnerung an die Nacht und der Gedanke, daß ich das Laken würde waschen müssen.

Am liebsten wäre ich schon damals weggelaufen, ganz gleich wohin. Ich war eine Signora, ob mir das nun gefiel oder nicht, und so faßte ich den Entschluß, mich zu ändern. Ich versuchte also, es den braven Ehefrauen gleichzutun.

In aller Herrgottsfrühe stand ich auf, obwohl ich erst gegen drei Uhr morgens eingeschlafen war, und um neun Uhr war die Wohnung bereits blitzsauber bis in die Ritzen, und ich fand nichts mehr zu tun.

Meine Gedanken kehrten wieder in die vergangene Nacht zurück: Nicolas Lachen verfolgte mich. Am liebsten hätte ich mir Rat bei Angelina geholt, ihr mein Leid geklagt.

Ich schaltete den kleinen Fernseher ein und schaute mir einen Film an. Er war langweilig, ein Western. Die anderen Kanäle brachten Wissenswertes für die Hausfrau, warben für Kochtöpfe oder Putzmittel. Ich bevorzugte den Film, weil er hin und wieder von Werbespots unterbrochen wurde. Ich mochte Werbespots: all die schönen, großen, luxuriösen Häuser, die Traummänner, und dann die Frauen... so schön, so umwerfend schön, allesamt geschminkt, gut gekleidet. Die Werbesendung, die mich am meisten beeindruckte und die ich immer wieder ansah, zeigte ein junges Paar: Sie hatten sich gerade geliebt, er trug Shorts, sie einen schwarzen Body... Wie ich diese Frau beneidete! Um ihren leuchtend roten Lippenstift, ihren vollkommenen Körper, das lange blonde Haar und seinen Blick… Er hatte ihr nicht den Rücken gekehrt, sondern sah ihr bewundernd zu, wie sie in einen hübschen Pyjama schlüpfte… Die beiden warben für einen Herrenduft. Was all das übrige damit zu tun haben sollte, weiß ich nicht, doch mir brachte die Botschaft den erleuchtenden Geistesblitz: Wäre ich wie sie, würde Nicola mich nicht auslachen, sondern liebkosen und beschützen…

Aber ich hatte kein Geld. Ich mußte mir Arbeit suchen. Ich beschloß alles sehr schnell, dachte nach, errechnete meine Einkünfte und Ausgaben, und fühlte mich unendlich glücklich. Ich würde mir auf der Stelle Arbeit suchen.

Meine Mutter besuchte mich, als ich gerade dabei war, eine Liste meiner Einkäufe zu erstellen. Ihr Gang war selbstbewußt, so als sei sie die Herrin des Hauses, meines Hauses: Wir bezahlten die Miete unter tausenderlei Entbehrungen, aber immerhin mit unserem Geld. Und trotzdem fühlte meine Mutter sich berechtigt, sämtliche Schubladen zu öffnen, alles zu kontrollieren, zu bemängeln… Ich konnte mich nicht dagegen wehren, versuchte sogar, mich zu rechtfertigen, indem ich ihr sagte, mit der Zeit würde ich schon alles lernen…

Sie stellte mir keine Fragen über meinen Mann,

musterte mich lediglich mit einem merkwürdig prüfenden Blick. Was wollte sie denn noch von mir?
Sie blieb nicht lange, obwohl ich sie zum Mittagessen eingeladen hatte (»Ich habe eine Familie... Wenn du verheiratet bist, darfst du nur noch an sie denken!«)
Ich war erleichtert, als sie fort war, aber sie hinterließ in mir die große, beängstigende Frage, auf die ich lange eine Antwort suchte: Warum um alles in der Welt liebte sie mich nicht? Ich war doch jetzt verheiratet, keine Last mehr für sie, nicht mehr aufsässig, nicht mehr skandalös: Was machte ich nur falsch? Es gelang mir vielleicht noch, wenn auch mit größter Mühe, den Haß meines Vaters und meines Bruders zu verstehen, aber die mangelnde Zuneigung meiner Mutter habe ich nie begriffen. Sie hätte sich doch mit mir verbünden, mir eine Schwester sein können. Ich war doch jetzt auch verheiratet. Wir hätten über unser beider Leben sprechen, Vergleiche ziehen können. Sie war ebenso allein wie ich, weshalb nur konnte sie mich nicht akzeptieren?
Ich glaube nicht, daß ich sie mochte, ich empfand Achtung vor ihr und auch ein wenig Angst, aber es hätte mir dennoch gefallen, wenn sie mich umarmt hätte, ein einziges Mal wenigstens. Doch die Maske, die sie trug und die ich noch niemals hatte lächeln sehen, blieb immer unverändert, wurde in all den Jahren eins mit ihrer Person. Hatte auch sie nicht

genügend Liebe erfahren? War sie deshalb so verbittert, nicht böse, sondern gleichgültig, was noch schlimmer ist? Ist Mütterlichkeit angeboren? Jemand hat einmal behauptet, das sei ein Naturgesetz, doch kannte der mit Sicherheit meine Mutter nicht.

Dieser Gedanke machte mich traurig, denn ich wollte die einfache, wenn auch grausame Wahrheit noch immer nicht akzeptieren.

Ich begann wieder, meinen Träumen nachzuhängen. Nicola kam nicht zu einer festen Zeit nach Hause. Es hing immer davon ab, was er zu tun hatte. Oft kam er erst abends heim, und ich war den ganzen Tag allein, mutterseelenallein. Und dann wiederholte sich stets dieselbe Szene: Wir saßen in der Küche, verzehrten das Abendessen und sahen ein wenig fern; dann vollzog sich das allabendliche Ritual im Bett, immer hastiger, immer gefühlloser.

Ich wollte meinen Einfall Nicola gegenüber noch verschweigen, weil ich mich zuerst ein wenig nach Arbeit umsehen wollte. Für jemanden wie mich, die nichts gelernt hatte, gab es nur wenige Möglichkeiten, und noch dazu konnte ich niemanden um Hilfe bitten.

Ich war verzweifelt: Seit einem Monat lebte ich nun schon in den Tag hinein, ohne irgend etwas zu tun, las höchstens heimlich das ein oder andere Buch. Ja, heimlich, im Badezimmer, weil Nicola meinte, die Romane würden mich nur verderben und auf dumme Gedanken bringen. Aber es gibt so etwas wie Vorsehung. Eines Tages rief Angelina bei mir an. Zu Anfang war sie böse, weil ich sie nicht mehr besucht hatte, also erklärte ich ihr, daß Nicola das Telefon mit einem Schloß versehen hatte, und so klärte sich alles auf. Es war nicht einfach für sie gewesen, mich ausfindig zu machen, denn niemand hatte ihr meine Telefonnummer geben wollen, und sie hatte Nicolas Familiennamen vergessen. Sie fragte mich, wie es mir ginge, und endlich konnte ich ihr mein Leid klagen: über meine Qualen in der Nacht, meine Einsamkeit am Tag und meine Träume, die so ganz anders waren als die Wirklichkeit.

Sie kam sofort bei mir vorbei. Ich hätte noch stundenlang weitergeredet, hätte Angelina mich nicht unterbrochen und mir vorgeschlagen, mich zu besuchen. Ich gab ihr unsere Adresse, und nach etwa zwanzig Minuten war sie bei mir. Sie war schön wie immer, ein wenig voller im Gesicht, und trug ein Paar schwarze, hautenge Hosen. Angelina merkte, daß mein Augenmerk hauptsächlich diesem Kleidungsstück galt, und als sie mein unförmiges Kleid betrachtete, mußte sie lachen. Ich schämte mich. Sofort entschuldigte sie sich und sagte, sie habe mich nicht auslachen wollen, doch die Situation und mein Aufzug seien einfach zu komisch. Dann wurde sie wieder ernst, und ich erzählte ihr mehr von meinen Problemen. Angelina erklärte mir mit ihrem üblichen Selbstbewußtsein, daß Nicola zwar ein Freund war, doch immer sein würde wie alle anderen. Sie hatte Mitleid mit mir, doch meine resignierte Haltung machte sie wütend. Sie warf mir vor, daß ich mir immer alles von allen gefallen ließ, vor allem von meiner Mutter.

Sie sprach lange mit mir über meine Hochzeitsnacht, und sie war äußerst erbost und angeekelt. Dann sagte sie mir, daß alle Welt sie für eine Nutte hielt, obwohl sie es in Wirklichkeit stets vermieden hatte, mit einem von hier zu schlafen. Das verblüffte mich. Angelina war noch Jungfrau? Und all die Geschichten, die sie uns in der Schule erzählt hatte?

»Annetta, für die Leute hier bin und bleibe ich eine Nutte, daran kann ich nichts ändern… Mir wäre es allerdings lieber, sie würden mich für mannstoll halten… Begreifst du den Unterschied?«

Nein, das tat ich nicht. Er war äußerst subtil, und Angelina erklärte ihn mir ungefähr so: Eine Nutte wird von den Männern benutzt und abgelegt. Einem mannstollen Vamp aber konnte das nicht passieren, weil der ihnen zuvorkam. Man tat so, als wäre man einverstanden, aber dann, im entscheidenden Augenblick, herzlichen Dank und auf Wiedersehen.

Ich dachte eine Weile nach und meinte dann, das sei doch dasselbe, die Leute hielten sie auch dann für eine Nutte, aber Angelina entgegnete seelenruhig, daß ihr keiner etwas nachsagen konnte, daß es lediglich ihre Einstellung war, die Anlaß gab zu Gerede. Aber sie sei sauber. Und sie erklärte mir, was das für sie bedeutete, Sauberkeit. Es war nicht etwa schmutzig oder unmoralisch, mit einem Mann ins Bett zu gehen, das verstand sie nicht darunter: Angelina war sauber, weil sie, obwohl sie inmitten von soviel Schlechtigkeit gewesen war, umgeben von so vielen anmaßenden, gewöhnlichen Kerlen und albernen, stumpfsinnigen Mädchen, all der Schmutz nie berührt hatte. Und dasselbe gelte auch für mich, setzte sie hinzu. Sie sagte, es würde viel Mühe kosten, dieser bedrückenden Gehirnwäsche nicht zu verfallen, aber wir beide hätten es geschafft. Wenn die Leute sie also für eine Nutte hielten, war das nicht ihr Problem. Es ging sie nichts an. Sie wollte weiterhin ihr Spiel treiben mit den Männern, ohne es sich von irgend jemandem verbieten zu lassen. Und das Gerede... Angelina konnte doch auf diese Art nicht glücklich werden, und ich fragte sie, ob sie schon einmal verliebt gewesen war.

»Wenige Male, und gerade dann habe ich es vermieden, mit dem Betreffenden auszugehen... Vielleicht hätte ich sonst mit ihm geschlafen... Ich möchte es niemals mit einem von hier unten tun. Denn weißt du, in zwei Monaten reisen wir ohnehin ab...«

Ich freute mich für sie, aber sie würde mir fehlen, das wußte ich. Das sagte ich ihr aber nicht. Dann sprachen wir von meinen Träumen, und Angelina ließ mich schließlich doch wieder ihr frohes Lachen hören: Sie machte sich nicht etwa über mich lustig, fand mich nur rührend. Sie bemühte sich, mir begreiflich zu machen, daß Werbefilme dem Zuschauer das Bild einer vollkommenen, unwirklichen Welt vorgaukelten.

»Ich wäre vollauf zufrieden, wenn ich so wäre wie du.« Sie war sehr sanft, sagte mir, ich hätte keinerlei Grund, irgend jemanden zu beneiden, aber damit überzeugte sie mich nicht. Wenn ich etwas will, ist es wirklich sehr schwer, mich davon abzubringen... Sie gab es auf und versprach mir, einen Arbeitsplatz für mich zu finden, schließlich hatte ihr Vater Beziehungen, und sie würde mir auch zeigen, wie man sich schminkte und mehr Sex-Appeal bekam.

Nach unserem Gespräch war mir wohler, und ich fühlte mich schon beinahe schön. Vergnügt bereitete ich das Essen vor, weil das Leben mir nun endlich zuzulächeln schien. Da kam Nicola nach Hause.

»Wer war bei dir?« fuhr er mich an. »Da sind ja noch die Zigarettenkippen im Aschenbecher...«

»Das war nur Angelina... Sie hat mich besucht.«

»Die also... Ich sage es dir nur einmal: Die hat hier nichts verloren...«

»Aber warum? Was hast du gegen sie, wir beide haben uns doch auf ihrem Fest kennengelernt...?« fragte ich ihn verständnislos.
»Eben drum! Das ist doch 'ne Nutte!«
»Aber sie...«
»Sie kommt mir nicht mehr ins Haus, sag ich dir, und damit Schluß!« Und er schaltete den Fernseher ein und begann, sein Essen in sich reinzuschieben. Ich rührte nichts an, mir war der Appetit gründlich vergangen. Eigentlich, dachte ich, war ich selbst doch eine viel größere Nutte als Angelina. Immerhin war sie noch Jungfrau, während ich mich Nacht für Nacht einem Mann hingab, den ich gar nicht liebte. Ich ekelte mich vor mir selbst.
Als Nicola mit dem Essen fertig war, spülte ich das Geschirr und dachte bereits mit Grauen daran, was nun wieder auf mich zukommen würde. Nein, von heute an sollte damit Schluß sein. Ich liebte ihn nicht, er gefiel mir nicht einmal, ja, ich verabscheute ihn geradezu, und keine Urkunde, kein Priester konnten mich dazu zwingen, mit ihm zu schlafen.
Meinen ganzen Mut wollte ich zusammennehmen, ihm in meinem weißen Nachthemd stolz entgegentreten und mein Recht verteidigen, nicht vergewaltigt zu werden. Nicola merkte nicht, was mir da alles durch den Kopf schwirrte. Er zog sich aus, warf einen kurzen, selbstgefälligen Blick in den Spiegel und legte sich ins Bett.

Ich war noch in der Küche und überlegte mir, welche Strategie ich am besten anwenden sollte, als ich ihn rufen hörte: »Mach schon, Annè, ich muß morgen früh raus!« Seine Stimme duldete keinen Widerspruch. Ich tat, als hätte ich nichts gehört und klapperte gewaltig mit Tellern und Schüsseln. Er brüllte meinen Namen. Da nahm ich all meinen Mut zusammen und ging hinüber zu ihm ins Schlafzimmer.

»Zieh dich aus und komm her!« befahl er.

»Ich bin aber noch nicht müde...« antwortete ich kleinlaut.

Er lachte. »Ich doch auch nicht... Komm schon her!!« Und er zerrte mich zu sich aufs Bett, schob sich über mich und versuchte, mir das Nachthemd auszuziehen. Ich warf mich verzweifelt hin und her, bis er mir eine Ohrfeige verpaßte. Da weinte ich, und er zog mich aus, aber noch hatte ich nicht aufgegeben und sagte weiterhin tapfer nein, ich hätte keine Lust dazu, es sei nicht richtig.

Seine Antwort ließ mich erstarren: »Was denn? Deinen Onkel läßt du ran, und mich, deinen Ehemann, nicht?« Einen Moment lang war ich wie betäubt, dann rief ich empört, es sei nicht meine Schuld, wenn mein Onkel ein Verrückter war.

»Wenn's dir nicht gefallen hätte, dann wärst du ja schon früher zur Polizei gelaufen. Aber es hat dir Spaß gemacht, was? Wart nur, das hier wird dir noch viel mehr Spaß machen.«

Er tat mir an Leib und Seele Gewalt an. Ich fühlte mich über und über besudelt. Warum hatte ich meinen Onkel tatsächlich nicht schon früher angezeigt? Wegen mir war Oma gestorben. Meine Mutter hatte auch gesagt, ich hätte ihr niemals erzählen dürfen, daß ich um ein Haar vergewaltigt worden wäre… Ich war schlecht und verlogen. Nein, verlogen nicht, aber schlecht, weil ich mich trotz aller Gewissensbisse sogar glücklich fühlte, daß Oma vor lauter Kummer gestorben war. Es zeigte mir, daß zumindest sie mich gern gehabt hatte. Sie fehlte mir sehr, besonders, wenn ich daran dachte, daß ich der Grund war für ihren Tod. Ich hatte den Menschen ins Grab gebracht, den ich am meisten von allen geliebt hatte… Sie hatten schon recht, wenn sie mich nicht leiden konnten, auch Nicola, wenn er behauptete, er gebe sich mit mir zufrieden, obwohl ich häßlich war… Es geschah mir ganz recht, und Weinen änderte gar nichts. Nicola schlug noch immer auf mich ein. Doch er tat mir nicht mehr weh.
Als er gekommen war, meinte er triumphierend: »Und wie es dir gefallen hat! Ich kenne dich doch«, und drehte sich auf die andere Seite.
Er kannte mich also. Was wußte er denn von mir? Nicht einmal ich wußte, wer ich war, und da kam er und behauptete, mich zu kennen. Was wußte er davon, wie verloren ich mich fühlte, wie fehl am Platz, so als hätte ich irgendeine Schmach auf mich gela-

den? Was wußte er von meinen Empfindungen, meiner Einsamkeit, meiner Verzweiflung darüber, ein ungeliebtes, ungewolltes Kind zu sein, das nicht begriff, weshalb man es ablehnte? Was wußte er von all den gewalttätigen Ausbrüchen, die ich schon hatte erdulden müssen? Er sah mich so, wie er mich eben sehen wollte... Wieder fühlte ich mich häßlich und schlecht, wagte aber nicht, meine Oma um Hilfe zu bitten. Wahrscheinlich hätte auch sie mich zurückgewiesen. In der festen Überzeugung, das letzte Stück Dreck auf Erden zu sein, schlief ich schließlich ein.

Tags darauf weckte mich das Telefon wie aus einer Hypnose. Eine fröhliche, schwungvolle Stimme holte mich wieder in die Welt der Lebenden zurück. Es war Angelina, und ich erzählte ihr alles. Sie bebte vor Zorn, und dabei hatte ich ihr noch nicht einmal gesagt, daß Nicola sie nicht mehr im Haus haben wollte. Schließlich erzählte ich es ihr doch, aber Nicolas Begründung behielt ich für mich. Sie hatte auch so verstanden, aber es machte ihr nichts aus.
»Wie man sich schminkt, kann ich dir auch durchs Telefon sagen, außerdem hat Nicola ja nur gesagt, ich dürfe sein Haus nicht mehr betreten... Wir können uns doch auch anderswo treffen, nicht? Weshalb kommst du nicht zu mir? Du hast doch den

ganzen Tag für dich.« Und was war, wenn Nicola daheim anrief oder ich nicht rechtzeitig wieder zu Hause war? Das Problem war im Handumdrehen gelöst: Ich stellte das Telefon ab, und Angelina holte mich mit ihrem Wagen. Sie besaß nämlich inzwischen den Führerschein und versprach, mich auch wieder heimzufahren.

Auf der Fahrt zu Angelinas Haus hielt ich mich auf dem Rücksitz versteckt, doch hin und wieder riskierte ich einen Blick hinaus, um die altvertrauten Wege wiederzusehen, die mich an Kindertage erinnerten. Wo war ich seither gewesen? Ich fühlte mich schon beinahe wie eine Fremde. Ein Geschäft hatte neu eröffnet, und heimlich fragte ich mich, weshalb man mich nicht davon in Kenntnis gesetzt, nicht meine Erlaubnis eingeholt hatte… Wir fuhren durch die engen, verwinkelten Gassen, und bei allem Neuen stellte ich mir unweigerlich die gleiche Frage…Das war kein angenehmes Gefühl für mich: Schließlich war es mein Heimatort, und auf meine Weise liebte ich ihn. Ich brauchte dieses Zuhause als Basis, denn schließlich war ich ohne Familie und hatte auch sonst keinerlei Halt. Endlich sah ich sie wieder, die Orte meiner Kindheit: die alte Kirche, in der ich getauft worden war, die Bar, die Piazza und den Brunnen, das Herz des Dorfes. Alles war grau und schmutzig, und von den Mauern der Häuser blätterte der Putz.

Angelina fuhr mich durch den ganzen Ort, sie selbst wohnte im Zentrum. Dann fuhren wir hinaus in die weite, ausgebrannte Landschaft. Wenige Fahrzeuge begegneten uns, meistens Traktoren. Wie sehr hatte mir der Geruch, die Farbe, der Geschmack meiner Erde gefehlt dort im Haus, wo ich tagaus, tagein eingesperrt war und nur Häusermauern roch... Jetzt sehnte ich mich danach, im Braun der Felder, in den knorrigen Olivenbäumen, im Himmel über mir ein Gefühl aus der Kindheit wiederzufinden, etwas, das mir endgültig verloren schien. Unwillkürlich kam mir der Gedanke, daß die Zeit hier auf diesen Feldern stillstand. Nichts würde sich hier jemals ändern: weder die Gesichter der Bauern noch die verwahrlosten Anwesen, noch die landwirtschaftlichen Geräte... Gott hatte dies alles vergessen, und ich war froh darüber.

Wir fuhren weiter ans Meer. Wie lange hatte ich diese Klippen schon nicht mehr gesehen! Ich liebte das Meer, besonders im Winter, wenn ich es ganz für mich alleine hatte. Meine Mutter hatte mir das Meer nie gezeigt, ich konnte nicht einmal schwimmen. Ich dachte daran, daß ich die Welt nur noch im Fernsehen erlebte... Und eine Woge brach sich an einem der steilen Felsen.

Ich stieg aus dem Wagen und sog die salzige Luft tief in meine Lungen. Da sah ich plötzlich ein Bild aus Kindertagen vor mir: Die sechsjährige Annetta am Meer mit ihrer Oma; die besaß keinen Badeanzug und hatte sich kurzerhand in ihren schwarzen Kleidern in die Brandung geworfen. Wie sehr hatte die kleine Annetta da gelacht... Toll, Oma! Unser beider Lachen war im Wind verhallt, um nun, lebhafter denn je, in meiner Erinnerung wiederzukehren... Vor der unbegrenzten Weite des Meeres fühlte ich mich frei, näher bei Gott. Wo bist du nur, Oma? Wer stürzt sich nun mitsamt seinen Kleidern ins Wasser? Wer kann mir mein Lachen wiedergeben? Ich habe doch ein Recht darauf, oder etwa nicht?

Am liebsten wäre ich für den Rest meines Lebens dort geblieben, um mit der schweigenden Brandung zu plaudern oder um nach meiner Oma zu rufen, ihren Namen diesen Felsen entgegenzuschreien, denen Meer, Zeit und Menschen gleichgültig waren. »Oma, ich bin's, Annetta. Siehst du das Meer? Weißt du noch? Nimm doch meine Hand, Oma, wie damals, als ich noch ganz klein war, und drück mich fest an dich. Ist dir denn nicht kalt jetzt in deinem langen weißen Hemd? Ich glaube nicht, daß du nicht da bist, ich kann dich ja fühlen, du bist hier bei mir, du würdest mich doch nicht im Stich lassen... Das würdest du niemals tun! Du würdest es nicht zulassen, daß man mir wehtut. Wo bist du nur? Hilf mir doch endlich, sonst muß ich noch glauben, daß es dich nicht gibt, willst du das denn?«

Und ich warf mich in den Sand und weinte bitterlich.

Meine Fragen verhallten im Wind, Oma war nicht mehr. Schnell trocknete ich meine Tränen. Angelina drängte darauf zu fahren, und so stieg ich wieder zu ihr ins Auto, nahm meine geliebte Erinnerung mit mir.

Bei ihr daheim erinnerte ich mich wieder an den Abend der heiß ersehnten Party bei Angelina, zu der ich gehen durfte, nachdem wir meinen Eltern mit Mühe die Erlaubnis abgerungen hatten, an das heiße Bad, die Schminke, das Kleid, Nicola... Und daran, daß ich geglaubt hatte, er sei etwas ganz Besonderes, nur weil er mir ein paar nette Dinge gesagt hatte, und dann eiligst wieder nach Hause... Und ich erinnerte mich an jene andere Begegnung mit Nicola, als meine Eltern schon alles wußten, als ich ihnen bereits gesagt hatte, wer er war, als ich stumm nickend mein Jawort gab... Wieder besaß alles den magischen Beigeschmack des Verbotenen, wie damals das Bad, das Schminken, das Kleid, Nicola.

Wir gingen in Angelinas Zimmer. Ihre Eltern waren noch nicht zu Hause, also setzten wir uns aufs Bett, schlugen die Beine übereinander und erzählten einander Geschichten aus der Schulzeit. Mit einem Mal waren wir wieder Kinder! Ich war wieder das kleine Mädchen von damals mit seiner unbändigen

Lust zu lachen … Und wir lachten, als wir an die Papiertaschentücher dachten, die unsere Oberweite fülliger erscheinen ließen, an die Prügel unserer Väter, an das Fest, an den Tag, als Angelina einmal zu mir nach Hause kam. »Jetzt kann ich es dir ja erzählen, Angelina, wie sehr ich mich damals schämte, weil alles so schäbig war bei uns daheim.« Sie lächelte: »Das dachte ich mir schon, du hast mich ja immer für oberflächlich gehalten … Wie ich es wollte … In Wirklichkeit störte es mich nicht im geringsten …«

Für einen Augenblick fragte ich mich, warum Angelina ausgerechnet mich ausgewählt hatte, ich hätte es zu gerne gewußt. Damals hatten sich alle Mädchen aus unserer Klasse darum gerissen, sie zur Freundin zu haben, aber sie hatte sich für mich entschieden, ausgerechnet für mich, die Unscheinbarste, Bravste von allen. Ich verspürte ein Gefühl tiefer Dankbarkeit, denn durch sie hatte ich gelernt, daß auch ich Qualitäten besaß, trotz meiner Herkunft. Mittlerweile aber kannte ich Angelina. Sie konnte es nicht ausstehen, wenn man ihr dankbar war und sie anhimmelte. Also plauderten und lachten wir weiter.

Wir lachten noch immer, als Angelinas Eltern zurückkamen. Wir waren alle ein wenig verlegen, weil wir uns noch recht lebhaft an den Abend erinnerten, an dem mein Onkel mich verfolgt hatte und er, der Ingenieur, mir zu Hilfe geeilt war. Ich hatte mit meinen Fäusten wild an die Eingangstür gehämmert und verzweifelt um Hilfe geschrien, da hatte mich mein Onkel bereits erwischt und wollte mich zwingen, dort weiterzumachen, wo er aufgehört hatte, als ich noch klein war; er wollte sich meinen Körper nehmen, als hätte er ein Anrecht darauf. Gerade noch zur rechten Zeit war dann der Ingenieur aus dem Haus gekommen, um mich zu retten, während seine Frau die Polizei verständigt hatte. Keiner von uns würde diesen Abend jemals vergessen.

Endlich umarmte Angelinas Mutter mich liebevoll und fragte mich, wie es mir ginge. Ich zuckte die Schultern, und Angelina meinte lächelnd: »Das kommt schon alles wieder in Ordnung ...«

Ich blieb zum Mittagessen, und allmählich, von einem Gericht zum nächsten, fiel die Spannung von uns ab. Beide Eltern waren sehr freundlich, und ich mußte mich wirklich bemühen, nicht zu vergessen, daß sie ja einer anderen Gesellschaftsschicht angehörten. Sie stellten mir keinerlei Fragen über Nicola und ließen auch die Vergangenheit ruhen. Nur Angelina fragte ihren Vater, ob er nicht bei einem seiner Freunde oder Bekannten Arbeit für mich finden konnte. Sein Ja kam ohne Zögern, begleitet von einem warmen Lächeln.

Nach dem Essen mußte mich Angelina der Gesellschaft ihrer Eltern buchstäblich entreißen, und wir gingen wieder auf ihr Zimmer. Jetzt redeten wir wie zwei erwachsene Frauen, und ich fragte Angelina, wie ich mich Nicolas allabendlicher Gewalt am besten entziehen konnte, ohne mich zugleich häßlich und abstoßend zu fühlen.

Es mag seltsam klingen, ich weiß, und es ist schwer zu begreifen. Ich liebte meinen Mann nicht und wollte doch von ihm begehrt werden. Nicht weil ich eitel war... Ich wollte angenommen sein, geliebt, wenigstens von dem Mann, der einmal ein gewisses Interesse an mir bekundet hatte. Das war aber nicht der einzige Grund. Warum suchte ich noch immer den Blick in den Spiegel zu vermeiden, gleichsam gegen meine Natur anzukämpfen? Gut, ich war vielleicht nicht gerade eine Schönheit, aber dennoch hätte ich mich akzeptieren, mich mögen können, wie ich nun einmal war. Doch dies ist nur dem möglich, der eine innere Sicherheit besitzt, und die läßt sich nicht von außen gewinnen. Wie aber sollte ich mir jemals auch nur ein wenig meiner sicher sein, wenn selbst mein Mann über mich lachte und mich häßlich fand? Obwohl ihn das nicht im geringsten daran hinderte, mich immer wieder zu vergewaltigen.

Meine Freundin wurde traurig. Sie konnte mir helfen, schöner zu werden, Arbeit zu finden, aber sie konnte Nicola nicht verbieten, mich weiter zu mißbrauchen. Wenigstens konnte sie mich von

einigen Schuldgefühlen befreien: Nicht ich war schlecht oder im Unrecht, und was ich wollte, war weder merkwürdig, noch anormal. Die anderen waren krank, und niemand, außer vielleicht die Zeit, konnte sie heilen.
Dies überzeugte mich ein wenig. Nachdem Angelina mit ihren Betrachtungen zu Ende war, machte sie sich daran, mich zu schminken. Dann borgte sie mir eines ihrer Kleider und frisierte mein Haar: »Schau dich an…«, meinte sie, sichtlich zufrieden mit ihrem Werk.
Nein, ich schämte mich.
Angelina zerrte mich vor den Spiegel, aber ich hielt mir die Augen fest zu.
»Gut«, sagte sie, »dann gehe ich eben hinaus… Du mußt mir aber erzählen, wie du es findest.«
Nachdem sie die Tür hinter sich geschlossen hatte, nahm ich vorsichtig meine Hände von den Augen und betrachtete mich im großen Spiegel von Angelinas Kleiderschrank. Das war ich? Es schien ja fast, als hätte ich plötzlich Brüste. Ich berührte sie. Tatsächlich, sie waren echt, es war nicht das Kleid, das mich getäuscht hatte, ich hatte nur noch niemals einen Büstenhalter getragen. Die Schminke, die Haare, das Kleid: War das die Annetta, die sogar der eigene Ehemann ablehnte? Nein, das war doch eines der Mädchen aus dem Werbefernsehen, die ich immer so bewunderte.

Ich hatte Angelina nicht hereinkommen hören, und als ich ihre Anwesenheit bemerkte, errötete ich.
»Glaubst du im Ernst, daß du Nicola so nicht gefallen würdest?« fragte sie mich mit ironischem Unterton.
»Aber ich kann mich ihm doch unmöglich so zeigen, Angelina. Er würde doch sofort merken, wo ich war. Außerdem kann ich mich nicht richtig bewegen, ich bräuchte dich ja ständig neben mir...«
Angelina wusch mir die Schminke vom Gesicht und sprach mir Mut zu. Bald würde ich genügend Geld verdienen mit meiner Arbeit, dann könnte ich mir selbst Schminke und hübsche Unterwäsche kaufen, wenn ich wollte.
Als ich das Kleid ausgezogen hatte und wieder in meinen unförmigen Rock geschlüpft war, war auch mein Traum verflogen, und im Nu war ich wieder Annetta.
»Könntest du mich nach Hause fahren? Es ist schon spät...« Als ich vor meiner Wohnung aus Angelinas Wagen stieg, verabredeten wir uns für den nächsten Tag.
Nicola war noch nicht zu Hause. Das gab mir genügend Zeit, mich wieder in ein Aschenbrödel zu verwandeln und ihm etwas zu kochen. Als Nicola heimkam, bemerkte er nichts. Ich ging ins Badezimmer und sah, daß ich noch Reste von Lidschatten auf den Augen hatte. Ich wusch mir das Gesicht, gleich

mehrere Male, um ganz sicherzugehen. Und als ich wieder in die Küche kam, hatte Nicola bereits das Fernsehgerät eingeschaltet und angefangen zu essen. Er hatte sie nicht bemerkt, die Spuren von Schönheit auf meinem Gesicht... Doch sogleich quälten mich entsetzliche Gewissensbisse, weil dieser Gedanke mich so froh stimmte. Was ich getan hatte, war nicht richtig, und ich konnte von Glück sagen, daß ich noch einmal davongekommen war... Ich war ohne sein Wissen aus dem Haus gegangen, hatte Angelina besucht und ihn getäuscht... Wie eigenartig... Doch dann mußte ich lachen, so wie damals, als ich als kleines Mädchen Oma die Nüsse aus der Schüssel stibitzt hatte... Die allerdings hatte es gemerkt... und darüber gelacht...

Wie sollte ich mich heute nacht verhalten? Wenn ich ihm gehorchte, mußte er denken, daß alles ausgestanden war, wenn ich mich gegen ihn wehrte, würde er mich wieder beschuldigen, und ich fühlte mich einfach nicht stark genug, das schlechte Gefühl zu ertragen, das er mir vermitteln würde.

Ich schlüpfte in mein Nachthemd und begann, das Geschirr abzuräumen. Nicola rührte keinen Finger. Ich spülte Teller und Töpfe mit ganz besonderer Sorgfalt, doch als ich fertig war, saß er noch immer vor irgendeinem Film. »Das paßt mir ausgezeichnet!« dachte ich. Ich täuschte ein Gähnen vor und sagte: »Gute Nacht, ich geh jetzt schlafen...!«

»Warte doch... Weshalb, glaubst du, sitze ich wohl noch hier? Wir gehn zusammen schlafen.«
Es war wieder dasselbe, noch ekelhafter als in der Nacht davor... Alles wiederholte sich, mein Weinen, seine Ohrfeigen, mein Nein, seine Beschimpfungen, und dann gute Nacht.
Nach einer Woche hatte ich die Nase gestrichen voll: Nicola wurde immer gemeiner, immer wütender, und ich reagierte immer verletzter und nervöser. Nicht einmal Angelina konnte mir mehr Mut machen. Das sollte nun mein Leben sein? Für alle Zeit?
Meine Mutter kam gelegentlich zu mir, aber nur, um sich über Vater zu beklagen, über meinen Bruder, über mich, und über das Leben im allgemeinen. Meine Schwiegermutter sah auf mich herab, klärte mich auf, wie man Hemden bügelte, kochte, wurde wie sie...
Ich war verbittert, aber nicht neurotisch; ich war Opfer einer sorgenvollen, schwermütigen Stimmung, die mir keinerlei Hoffnung auf eine bessere Zukunft ließ, führte gleichsam das Dasein einer Greisin: Ich war alt, ohne jemals jung gewesen zu sein... Nein, Oma hatte mich Kind sein lassen, als ich nachts von der Wärme ihres Körpers behütet in selbstvergessener Glückseligkeit neben ihr lag. Aber wenn sie mich wirklich so sehr geliebt hatte, wie konnte sie es dann zulassen, daß ich nun so un-

glücklich war? Sie konnte mich schließlich sehen, das wußte ich. Verdiente ich das alles wirklich? Sollte mein Leben tatsächlich nur noch aus Gewalt bestehen? Ich wollte nicht länger an die Zukunft denken, denn die Flucht in die Vergangenheit schien mir allzu verlockend. Es gibt Menschen, die, um der unschönen Gegenwart zu entfliehen, Pläne für die Zukunft schmieden. Für mich aber gab es keine Zukunft, und so ging ich in Gedanken in die Vergangenheit zurück, in die Zeit, als Oma da war, um mich aufzufangen, wenn ich Kummer hatte.

Ich dachte von nun an an Oma, wenn Nicola mich nahm, flehte sie an, ihn schnell zu Ende kommen zu lassen. Dabei biß und kratzte ich, und er schrie mich an, ich solle meinem Herrgott danken, einen Trottel wie ihn gefunden zu haben, denn wer hätte mich schon genommen, häßlich wie ich war? Doch damit traf er mich nicht mehr. Ich hatte mich in Angelinas Spiegel gesehen und wußte nun, daß ich nicht häßlich war. Doch das ging nur mich etwas an. Ich wollte schön sein für mich und nicht für ihn, nein, gewiß nicht. Und außerdem, warum wollte er mich überhaupt, wenn ich doch so häßlich war?

»Blöde Frage! Ich bin schließlich dein Mann... Ich will nicht, daß du dich beschwerst, ich würde meine Pflicht nicht tun.« Und er lachte. Ekelhaft!

Auch das Lachen. Seine Worte unanständig, verletzend, gleichgültig. Ich ertrug ihn einfach nicht mehr.
Um ehrlich zu sein, ertrug ich eigentlich gar nichts mehr. Dieses graue Dasein, die leeren Stunden, die Nächte, ein einziger Alptraum ... Ich mußte fliehen, bevor ich wahnsinnig wurde und ...
Angelina erlöste mich schließlich mit einer guten, ja ausgezeichneten Neuigkeit: Ihr Vater hatte mir Arbeit besorgt. In einem Büro. Als Sekretärin eines gewissen Signor Beretti, eines liebenswürdigen Junggesellen um die Vierzig, bei dem ich fünfhunderttausend Lire verdienen würde. War das zu wenig? Mein erstes Geld, mein Lohn, meine Unabhängigkeit, meine Chance, hier rauszukommen und es zu etwas zu bringen.
Ich wollte gar nicht mehr aufhören, Angelina für all das zu danken, was sie für mich getan hatte: Willkürliche Bosheit hatte ich noch nie verstanden, aber grundlose Güte überwältigte mich geradezu.
Als Nicola nach Hause kam, fühlte ich mich bereits wie umgewandelt: stark, unabhängig, angriffslustig. Und ich würde tatsächlich all meine Kräfte brauchen, weil ich nach Ansicht meines teuren Gatten nicht arbeiten durfte, da es dafür keinen Grund gab, vor allem aber, weil die Leute nicht denken sollten, er könne nicht in angemessener Weise für seine Frau sorgen.

Meinen Entschluß durchzusetzen, kostete mich eine ganze Nacht, ersparte mir aber die übliche Vergewaltigung. Mein Dickkopf gegen seine Engstirnigkeit.

Am nächsten Tag sollte ich bei Signor Beretti vorsprechen. Zu diesem Zweck wählte ich aus den wenigen Kleidungsstücken, die ich besaß, einen pastellfarbenen Rock, eine geblümte Bluse und eine blaue Jacke. Signor Beretti würde mich ohnehin nach zwei Minuten wieder hinauskomplimentieren, soviel stand fest.

Schüchtern betrat ich das Büro und wurde von einer hübschen Empfangsdame mit einnehmendem Lächeln Signor Beretti gemeldet. Ich fuhr mir mit feuchten Händen durchs Haar und fühlte mich ausgesprochen unbehaglich.

Signor Beretti bat mich, Platz zu nehmen, und ihn beim Vornamen zu nennen. Er hieß Giacomo, war groß, gutaussehend und hatte große, graue Augen, die etwas Beruhigendes ausstrahlten. Seine sanfte, aber doch sehr männliche, tiefe Stimme löste meine angespannte Haltung. Er erklärte mir, was ich zu tun haben würde: Ich sollte für ihn auf der Maschine schreiben, was ich nicht konnte, und stenografieren, was ich auch nicht konnte...

Er lächelte: »Nun,... was kannst du denn?«

»Ich... ich kann aufräumen, saubermachen...« stammelte ich verlegen.
»Gut«, meinte er, »dann wirst du dich um meine Papiere kümmern, die hier verstreut herumliegen, und bei der Gelegenheit wirst du dir Notizen machen für ein paar Briefe... In der Zwischenzeit lernst du das Tippen auf der Schreibmaschine, in Ordnung?«
Und ob das in Ordnung war, einfach toll...
»Sprichst du Englisch?« wollte Giacomo wissen.
»Ich kann es lesen und schreiben, aber sprechen nicht so gut...« meinte ich unsicher.
»Hervorragend, dann wirst du ein paar Sachen für mich übersetzen. Jetzt haben wir, denke ich, alles geklärt, bis auf die Frage des Gehalts... Ich wollte dir für den Anfang fünfhunderttausend Lire zahlen, aber weil es doch eine Menge Arbeit ist, die ich dir anvertraue, will ich dir in den ersten beiden Monaten, sagen wir, achthunderttausend bezahlen. Dann werden wir weitersehen...«
Ich war glücklich. Wer hatte schon jemals soviel Geld auf einem Haufen gesehen? Nicola gab mir gerade einmal fünftausend Lire am Tag, und damit sollte ich sämtliche Ausgaben bestreiten.
»Wann fange ich an?« fragte ich.
»Am besten gleich... Im anderen Zimmer liegen alle möglichen Dokumente: Hefte sie bitte in alphabetischer Reihenfolge in die entsprechenden Aktenordner ein«, sagte Giacomo.

Ich eilte ins Nebenzimmer. Da ich sehr sorgfältig und konzentriert arbeitete, war ich am Ende des Tages bereits beim Buchstaben G angelangt.
Giacomo sagte mir, ich dürfe Schluß machen, wir würden uns am nächsten Tag wiedersehen. Wenn ich müde sei, meinte er, würde er mich nach Hause fahren. Ich dankte ihm für sein freundliches Angebot, wollte den knappen Kilometer aber lieber zu Fuß gehen. Ich schwebte wie auf Wolken, weil ich jetzt eine Arbeitsstelle hatte.
Am liebsten hätte ich es allen Leuten erzählt, aber ich hatte nur Nicola, und der war beleidigt, weil das Essen noch nicht fertig war.
Also zog ich mich schnell um und stellte mich an den Herd. Nicola schnaubte verächtlich und beklagte sich bitter. Schweigend aßen wir zu Abend, unsere Augen fest auf den Fernsehschirm geheftet.
»Was kriegst du denn bezahlt?« Seine Frage brachte mich in Verlegenheit.
»Fünfhundertausend für'n Anfang...«, log ich.
Wir aßen weiter. Er schien zufrieden. Ich räumte das Geschirr ab, während Nicola sich eine Zigarette anzündete. Diesmal ging er vor mir ins Bett.
»Du wirst doch nicht wieder Geschichten machen?« fragte er. Ich gab ihm zur Antwort, daß ich ihn weder begehrte, noch liebte, und daß er mich nicht mit Gewalt nehmen durfte.
»Und wenn doch? Was willst du dann tun, etwa ab-

hauen? Mit deinen paar Kröten wirst du nicht weit kommen...«
Und so entbrannte der Kampf aufs neue, wobei er immer gemeiner wurde und ich immer entschlossener meine Selbstachtung zu verteidigen suchte. Mein Geld war wenig? Was hieß das schon. Etwa, daß er mich besser behandelt hätte, wenn ich reich gewesen wäre?
Einmal trug er noch den Sieg davon, denn schließlich war er der Stärkere von uns beiden. Doch während er sich meinen Körper nahm, war ich in Gedanken bei meiner Arbeit. Es gab nun jemand, der mich zu schätzen wußte. Und ihn wollte ich auf gar keinen Fall enttäuschen. Ich war dabei, mein Können zu beweisen, und was bewies Nicola? Daß er mich nehmen konnte, sooft ihm danach war, auch gegen meinen Willen? Trotz des Ekels, der mich bei diesem Gedanken erfaßte, mußte ich beinahe lachen. In wenigen Tagen schon würde ich mein Geld bekommen, für ihn nur ein paar armselige Kröten, aber für mich ein Stückchen Freiheit... Und nur daran, nur daran durfte ich von nun an denken. Sein Körper aber lag schwer auf dem meinigen, und seine Worte wurden immer ausfälliger.
Die Arbeit lenkte mich von meinen Sorgen ab, denn ich war unablässig beschäftigt. Inzwischen konnte ich bereits ein wenig auf der Maschine schreiben, übersetzte Briefe und machte mir Notizen.

Giacomo war überaus zuvorkommend, und er schien mir wie der Vater, nach dem ich mich stets gesehnt hatte. Ich faßte Vertrauen zu ihm und ließ mich hin und wieder von ihm nach Hause fahren. Er erkundigte sich nach Nicola, sprach mir Mut zu und gab mir Ratschläge. Und schließlich zahlte er mir meinen ersten Lohn, blätterte mir acht Hunderttausender auf die Hand. Geld hat keinen Geruch? Und wer sagt das? Geld hat einen betörenden Duft und herrliche Farben … Ich ließ sie durch die Finger gleiten, meine acht Scheine. Wie glatt sie sich anfühlten, und wie herrlich sie dufteten … nach den Händen anderer Leute … Vielleicht hatte jemand mit diesem Geld ein Geschenk gekauft oder eine Kleinigkeit für sich selbst oder seine Schulden beglichen … Wer weiß, wie viele Hände dieses Geld schon berührt hatten, bevor es bei mir gelandet war. Und jetzt war es das meine. Ich besaß achthunderttausend Lire, sie gehörten mir allein.

Als ich nach Hause kam, konnte ich meine Freude nicht verbergen. Nicola war bereits daheim, und merkwürdigerweise benahm er sich ausgesprochen liebenswürdig. Er fragte mich, ob ich müde sei, sagte, ich müsse sofort etwas essen, fragte mich nach Giacomo, ob er mich auch gut behandelte, und wollte schließlich das Geld ausgehändigt haben. Du lieber Himmel, was war ich blöd! Heute war der

siebenundzwanzigste. Meine glückliche, fast verzückte Miene mußte ihm verraten haben, daß heute Zahltag war… Dieser Mistkerl! Er war auf meine armseligen paar Kröten aus!
Ich weigerte mich, ihm das Geld zu geben, wiederholte ihm seine eigenen Worte und bezog natürlich Prügel. Wieder sagte er mir, ich sei nichts als eine dreckige Nutte und hätte es nur ihm zu verdanken, daß ich nicht auf dem Strich gelandet sei. Und während er mich anschrie und beschimpfte, schleifte er mich an den Haaren in die Küche… Er vergewaltigte mich auf dem Eßtisch, prügelte auf mich ein, bis ich blutete, sah aber keine einzige Lira. Da ging er schreiend und fluchend ins Bett.
Der folgende Tag war ein Sonntag, aber Nicola blieb trotzdem nicht zu Hause. Er traf sich mit seinen Freunden, lungerte in der Bar herum und kam, wie sonst auch, erst gegen Abend wieder zurück.
Dafür besuchte mich meine Mutter. Ich mußte mir, wie immer, ihre Klagen anhören, die sich diesmal eigenartigerweise ganz besonders auf die wirtschaftliche Seite des Lebens bezogen. Hin und wieder nickte ich mit dem Kopf, um ihr anzudeuten, daß ich sie verstand. Doch schließlich hörte sie auf, um den heißen Brei herumzureden: »Jetzt gehst du also arbeiten… Man hat dich gesehen…«
Da begriff ich endlich, weshalb sie gekommen war und sich über die ständig steigenden Preise beklag-

te und das Leben, das schier unerträglich teuer geworden war. Ich sagte ihr, daß ich meine paar Kröten allesamt an Nicola ausgehändigt hatte, daß sie sich folglich an ihn wenden müsse, wenn sie Geld brauche. Ich wußte ja, daß sie Nicola nicht um eine Lira bitten würde. Er hatte zwar meine verlorene Ehre wiederhergestellt, war aber immerhin derjenige, mit dem man mich erwischt hatte, der meine Familie ins Gerede gebracht hatte, während ich Nutte auch noch Beifall geklatscht hatte. Seinetwegen konnten die Verwandten sich ausschütten vor Lachen, jubeln vor Freude. Und als wäre dies noch nicht genug, sah seine Familie auch noch auf die meine herab, um sie auch ständig daran zu erinnern, daß ich mit der Beihilfe der Meinigen ihren geliebten Sohn in die Zwickmühle gebracht hatte.
Meine Mutter ignorierte folglich den Hinweis auf Nicola.
»Könntest du ihm nicht sagen, daß du mit einer Million Lire im Monat schon zufrieden wärst?«
Ja, damit ich es ihr geben konnte. Ich brachte es noch immer nicht fertig, sie zu beschimpfen, aber ich sagte ihr immerhin mit überlegener Miene, ich könne es zwar versuchen, sehe aber wenig Hoffnung. Das genügte ihr, und sie gab mir einen Kuß auf die Wange. Von da an kamen abwechselnd sie oder mein Bruder jeden Monat, um mich anzubetteln, aber ich blieb hart.

Statt dessen ging ich mit meinem Geld zu Angelina, und gemeinsam suchten wir schöne Kosmetikartikel, ein paar duftige Kleider und hübsche Unterwäsche für mich aus. Wir gingen sogar zum Friseur. Meinen schwarzen, transparenten Body hätte ich am liebsten auf der Straße getragen, er war einfach hinreißend sexy... Ich beschloß, seine Wirkung an Nicola auszuprobieren. Immer wieder drehte ich mich vor dem Spiegel und fand mich unwiderstehlich. Ich probte auch ein paar verführerische Posen und bedeutungsvolle Blicke. Das erinnerte mich an die Werbesendungen im Fernsehen: Angelina hatte zwar behauptet, daß die Welt so nicht funktionierte, aber ich würde ihr schon beweisen, daß sie im Unrecht war: Nicola würde stumm sein vor Staunen, mich dann zärtlich in seine Arme nehmen und küssen. Er würde mir sagen, wie schön ich sei, mich ins Schlafzimmer hinübertragen und mich lieben, und dieses Mal würde es nicht ekelhaft sein, weil er ganz sanft und behutsam vorgehen würde.

Ich war geschminkt, mein Haar war zurechtgemacht, ich trug meinen schwarzen Body und darüber einen Bademantel. So empfing ich ihn, und einen Augenblick lang war er tatsächlich stumm vor Staunen. Dann blickte er ängstlich um sich, als wolle er sich vergewissern, daß niemand mich in dieser Aufmachung gesehen hatte. Er packte mich bei den

Haaren, warf mich zu Boden und trat mich, wo er mich erwischen konnte, auch ins Gesicht, daß ich schon bald nicht mehr wußte, aus welcher Wunde ich blutete.

»Du verdammte Nutte! Also dafür hast du gearbeitet, was?«

Solche Frauen würde er im Hotel ficken, sagte er, und alle seien sie Nutten, alle. Nicola betrog mich also. Ich fragte nach, weil ich dachte, ich hätte mich verhört, aber er sagte es noch einmal: Keine Gelegenheit ließ er sich entgehen...

An diesem Abend war ausnahmsweise er es, der nicht mit mir schlafen wollte, dabei hatte ich mir die Schminke längst abgewaschen und sah unscheinbarer aus denn je. Das war alles höchst eigenartig, richtiggehend absurd... Seine Frau sollte immer die unscheinbare Annetta bleiben, ein häßliches Entlein... Seine Geliebten dagegen waren schön und sexy, Frauen aus dem Hotel... Ich weiß nicht weshalb, aber es war mir nie in den Sinn gekommen, daß er mich betrügen könnte. Nicht, daß es mir viel ausgemacht hätte... Ich staunte nur, welch seltsames Bild er von den Frauen hatte... Ich war doch nicht auf der Straße gewesen in meiner Aufmachung! Außer ihm hatte mich niemand gesehen. Und doch war ich eine Nutte für ihn. Ich begriff einfach nicht, was ihm dabei durch den Kopf gegangen war, und ich werde es wohl nie begreifen.

Ich begriff nur eines: Das Ganze war nicht meine Schuld. Ich war nicht häßlich, auch wenn Nicola es gerne so gehabt hätte. Die andere Demütigung jedoch konnte ich nicht hinnehmen…

Am folgenden Morgen zog ich eines meiner neuen Kleider an, schminkte mich ein wenig, wirklich nur ganz leicht, und ging ins Büro.
Giacomo sah sofort die Spuren von Nicolas Schlägen, ich aber lächelte. Er sagte mir, ich sei wunderschön. Für einen Menschen auf Erden war ich also schön, für Giacomo. Ich war stolz, weil ich nicht etwa aufreizende Dessous trug, sondern nur ein hübsches Kleid und ein wenig Schminke, und Giacomo mich dennoch wunderschön fand. Dann kehrte ich wieder auf den Boden der Tatsachen zurück: Giacomo war eben sehr einfühlsam, und als er sah, in welcher Verfassung ich war, versuchte er, mich ein wenig aufzurichten, das war alles. Hätte er mich hübsch genannt, hätte ich ihm vielleicht glauben können, aber ich und wunderschön, also nein… Ich wollte dieses Kompliment lieber schnell vergessen und mich statt dessen in die Arbeit stürzen. Schließlich war mir viel daran gelegen, Giacomo nicht zu enttäuschen.
Sein Archiv war schon beinahe fertig geordnet. Doch eines Tages fand ich in einer Schatulle Briefe und ein Foto, das Foto einer nicht sehr schönen,

aber dennoch faszinierenden Frau. Ich konnte nicht anders, ich mußte die bereits ein wenig vergilbten Briefe lesen, denn obwohl ich ihn sehr gern hatte, wirklich sehr schätzte, wußte ich so gut wie nichts über Giacomo.

So begann ich, die Briefe zu lesen, fing beim letzten an, der, wie ich richtig vermutete, auf den ersten Bezug nahm:

5. Februar 1976

Mein Liebster, es geht mir gar nicht gut, weil ich Dich schon drei lange Tage nicht gesehen habe. Immer zweifelst Du an meiner Liebe, und ich frage mich, weshalb. Wegen des Geldes… Mir ist es doch völlig gleichgültig, ob Du reich bist oder arm, ob Deine Familie der meinen ebenbürtig ist oder nicht. Ich liebe Dich um Deinetwillen, wegen Deiner sanften Art, Deiner zärtlichen Worte und weil Du mir zuhören kannst. Ich liebe einfach alles an Dir, Dein Lächeln, Dein Schmollen, Deinen angedeuteten Bart, Deine Augen. Ich liebe Dich mehr als mich selbst. Ich habe Dich schon oft darum gebeten, mit mir zu fliehen, aber Du willst ja nicht, daß ich ein armseliges Leben führe, sondern das einer Prinzessin.

Hältst Du mich wirklich für derart oberflächlich? Mir genügt es, wenn Du bei mir bist und mich liebst. Aber womöglich bist Du nicht überzeugt, daß wir füreinander geschaffen sind, vielleicht weil ich schwieriger bin als Rosa. Ich weiß, daß Du sie triffst, und es tut mir weh. Wir wissen doch alle, wie Rosa ist: Sie will doch nur beweisen, daß für sie die gleichen Rechte gelten wie für die Männer, und dafür wäre sie glatt imstande, sich Dir an den Hals zu werfen, und ihr Männer sagt da natürlich nicht nein. Du sagst mir zwar immer wieder, daß ich Dein Leben bin, aber was nützen mir Worte, wenn ihnen keine Taten folgen?

Ich bitte Dich, Giacomo, flehe Dich an, ich ertrage es nicht länger daheim. Ich muß Dich sehen. Laß uns von hier fortgehen. Ich habe die Nase voll von all den unnützen, leeren Tagen. Ich kann nicht mehr essen, nicht mehr lernen, denke nur noch an Dich und daran, wie sehr Du mir fehlst.

Sag bitte nicht wieder nein, ich habe es satt, wie eine Verrückte behandelt zu werden. Ich bin doch nur verrückt nach Dir. Antworte mir so schnell wie möglich und sag ja, ich bitte Dich.

Für immer die Deine,

Anna

8. Februar 1976

Ich wußte es, und ich hasse Dich. Wie kannst Du von mir verlangen, daß ich Dich verstehen soll? Jetzt haben wir uns schon sechs Tage nicht gesehen, und Du hast mir nichts anderes zu sagen, als daß ich Geduld haben soll? Habe ich nicht schon viel zuviel Geduld gehabt? Worauf warten wir denn noch? Ich bin imstande, eine Dummheit zu begehen, wenn Du mich weiterhin zwingst, ohne Dich zu sein: Ich halte das nicht mehr aus! Ich ertrage sie nicht mehr mit ihren ständigen Vorwürfen!

Bitte, Giacomo, rette mich... Ich habe mir schon oft gedacht, daß das Leben keinen Sinn hat, wenn es so ist, wie das meine hier. Ich möchte bei Dir sein, für immer, dieselbe Luft atmen wie Du, am Morgen neben Dir erwachen, mich um Dich kümmern, Dich immer küssen. Warum kannst Du nicht endlich den Mut aufbringen, alles aufzugeben?

Du willst erst etwas erreichen... Dann kann es ja noch zwanzig Jahre dauern, bis wir zusammen sind, dann werden wir alt und grau sein und keine Lust mehr haben auf das Leben und die Liebe. Ist es denn wirklich so schwer für Dich zu begreifen, daß ich mein Leben mit meinem Giacomo teilen will und nicht mit seinem gesellschaftlichen Rang? Ich werde es Dir schon noch beweisen. Jetzt paß gut auf, was ich Dir sage: Wir werden uns am 10. treffen. Das läßt Dir keine Zeit, mich davon zu überzeugen, daß das, was wir tun, nicht richtig ist, daß wir es nicht dürfen, usw. usw...

Wir sehen uns um 16 Uhr: Ich werde zu Antonella gehen (Du weißt ja, wo sie wohnt) und sagen, daß ich mit ihr lerne; wir lassen eine Stunde verstreichen, dann kommst Du und wartest an der Straßenecke, ohne Dich sehen zu lassen. Leih Dir das Auto eines Deiner Freunde und hupe, damit ich weiß, daß Du da bist: Ich komme dann sofort hinunter. Solltest Du mich erneut enttäuschen, dann möchte ich Dich niemals wiedersehen. Das ist mein voller Ernst, du weißt ja, was ich aufs Spiel setze, um Dich zu sehen. Was Rosa anbelangt, so war ich sicher, daß Du mir sagen würdest, es sei nichts zwischen euch, aber mußtest Du sie denn gleich ein nettes Mädchen nennen? Wie dem auch sei, ich möchte lieber direkt mit Dir darüber sprechen, wenn wir uns sehen. Das Wichtigste ist jetzt, daß Du mich nicht enttäuschst: Ich möchte tief in deine Augen sehen und Dich mit Küssen überhäufen, und ich möchte... Doch das soll eine Überraschung sein. Laß mich nicht vergebens warten, ich bitte Dich. Ich liebe Dich unsäglich.

Deine Anna

10. Februar 1976

Nein, ich kann einfach nicht schlafen, ich bin ja so glücklich und möchte, daß Du das weißt. Jetzt bin ich ganz und gar die Deine, mein Liebster, und Du gehörst mir, mir, mir. Warum wolltest Du nicht? Warum hast Du immer wieder nein gesagt? Es hat wirklich ein bißchen weh getan, aber für Dich nähme ich alles in Kauf, hast Du das noch immer nicht verstanden? Du nennst mich deinen kleinen Wirbelwind, aber so zerstörerisch bin ich doch auch wieder nicht... Wie schön Du warst, als Du zum Orgasmus kamst. Es ist mir einfach unmöglich, etwas an Dir nicht zu mögen: Ich liebe sogar Deinen Schweiß. Am liebsten möchte ich Dir jeden einzelnen Schweißtropfen vom Körper lecken, Deinen Duft in mich einsaugen. Ich halte es nicht mehr ohne Dich aus. Was soll ich noch hier, jetzt, wo ich Dir gehöre? Bei Dir müßte ich sein, nicht bei diesen Fremden hier. Wir haben nichts riskiert, wie Du gesehen hast, alles war bestens organisiert. Ich finde nur, daß nicht immer ich die Entscheidungen treffen kann. Sag mir, wo und wann wir uns treffen, um von hier fortzugehen, ich bin bereit. Jetzt gehe ich schlafen. Ich weiß, daß ich von Dir träumen werde, ein schöner Gedanke. Bis bald, mein Liebling,

Deine Anna

15. Februar 1976

Entschuldige bitte, daß ich Dir erst jetzt schreibe, mein Liebster. Vielleicht war ich wütend auf Dich, aber jetzt geht es wieder. Ich kann Dich nicht ändern und muß es akzeptieren. Du wirst eben immer nur kleine Schritte machen, während ich vorwärtsstür-

me, ohne müde zu werden. Heute ist der Himmel grau, wir haben uns seit fünf Tagen nicht gesehen, und es geht mir nicht besonders. Manchmal vergesse ich Dein Gesicht, dann versuche ich, es wieder zusammenzusetzen, aber es ist schwierig. Ich verstehe nicht, was an meinem letzten Brief merkwürdig gewesen sein soll. Ich habe doch nur geschrieben, daß ich Deinen Schweiß liebe. Ebensogut hätte ich von Deinen Füßen sprechen können… Oder hat Dich das Wort ›lecken‹ gestört? Wenn man sich liebt, gibt es keine Tabus, finde ich. Und was ist dabei, wenn ich von Deinem Orgasmus spreche?
Giacomo, bitte, schränke mich nicht ein. Ich liebe Dich, und damit Schluß. Es stimmt, Du vermeidest gewisse Ausdrücke, errötest sogar, wenn Du sie schreibst, und auch dafür liebe ich Dich. Nimm mich doch einfach so, wie ich bin.
Derzeit habe ich keine große Lust zum Lernen, und bei mir zu Hause herrscht ein entsetzliches Getue. Ich bitte Dich um nichts mehr, Du sollst lediglich wissen, daß es mir schlecht geht, miserabel, wenn Du es wissen willst. Ich liebe Dich wahnsinnig.

Deine Anna

25. Februar 1976

Ciao, mein Liebster, ich muß mich noch einmal bei Dir entschuldigen, weil ich erst jetzt schreibe.

Ich habe Deine Briefe erhalten, konnte Dir aber nicht antworten. Giacomo, ich weiß nicht, wie man so etwas am besten sagt, aber ich glaube, ich bin schwanger. Ich habe es ja bereits vermutet, aber erst gestern den Mut aufgebracht, zu Antonella zu gehen, um heimlich bei ihr den Test zu machen. Jetzt *müssen* wir fliehen. Ich wollte Dich nicht zwingen, das schwöre ich, aber einen anderen Ausweg gibt es nicht. Es geht mir ganz miserabel, ich sterbe fast vor Angst, sie könnten es merken. Laß mich möglichst bald wissen, was wir tun sollen: Ich habe meine Koffer bereits gepackt und versteckt. Es tut mir leid, aber ich kann nicht anders. Ich bin einfach glücklich und hoffe, das Baby wird ein Junge und sieht einmal aus wie Du.
Ich bin verrückt nach Dir. Für immer die Deine,

Anna

3. März 1976

Ciao, mein Liebling, ich bin's, der Mann mit den kleinen Schritten. Ich denke ständig an Dich, kann nicht mehr ohne Dich sein. Wo bist du nur, kleiner Wirbelwind? Und unser Kind? Ich liebe euch beide, auch wenn ich euch noch nicht sehen kann... Ja, mein Schatz, wir müssen noch warten, bitte sei nicht wütend: Ich will doch nur das Beste für Dich, meine kleine Prinzessin. Ich werde es schaffen, für Dich

und für unseren Kleinen, und dann wird uns nichts mehr trennen. Du fehlst mir unendlich! Ich möchte so gerne bei Dir sein, meine Hand auf Dein Bäuchlein legen und die Frucht unserer Liebe spüren. Zu dumm! Ich weine…
Ich werde Dich immer lieben, meine kleine Anna.

Dein Giacomo

15. September 1977

Ciao, mein kleiner Liebling.
Ich habe Dir schon seit einer Ewigkeit nicht mehr geschrieben… Aber ich habe nie aufgehört, an Dich zu denken, und Du weißt ja, wie hart ich arbeite… Wie geht es unserem kleinen Liebling? Ich habe ihn ja noch nicht gesehen, aber ich stelle ihn mir wunderhübsch vor. Ich komme euch zwar nicht besuchen, aber ich liebe euch mehr denn je. Ich bin einfach zu feige. Du schreibst mir nicht mehr, aber ich weiß, daß Du mich nicht vergessen hast. Du willst mich nur bestrafen, indem Du mir nicht einmal eine Zeile von Dir gönnst. Zum Glück habe ich aber meine Träume, und ich sehne die Nacht herbei, um Dich wieder neben mir zu haben, um mir unseren kleinen Jungen vorzustellen. Du hast ihn mir kein einziges Mal beschrieben, ich kenne ihn nicht, aber ich liebe ihn, als wäre er immer bei mir. Sei nicht so eifersüchtig: Ich werde Dich niemals betrügen, auch

wenn ich Dich nicht geheiratet habe. Du wirst immer mein sein, und dasselbe kann ich von mir sagen. Gib gut acht auf Dich und auf unser Kind, und vergiß mich nicht…Ich schufte wie ein Hund für uns drei, aber dann…
Bis bald, meine einzige Liebe.

Giacomo

13. November 1977

Ich sehe schon, Du willst mir nicht verzeihen… Sooft ich auch in meinen Briefkasten sehe, niemals finde ich eine Nachricht von Dir. Warum tust Du mir das an? Ich habe alles falsch gemacht, ich weiß, ich bin ein erbärmlicher Feigling, aber so kann ich nun einmal nicht leben! Schicke mir doch wenigstens ein Foto von unserem Kind.
Anna, entschuldige, ich habe wirklich nicht das mindeste Recht, Dich um etwas zu bitten. Ich kann nur still vor mich hinleiden und Dich lieben. Ich erwarte nichts, denn ich verdiene es ja nicht anders. Heute ist Dein Geburtstag, und ich kann Dir nicht einmal die weißen Rosen schicken, die Du so sehr liebst. Ich werde Dich mit weißen Rosen überhäufen, sobald ich den Mut aufbringe, euch beide zu besuchen.
Bitte weise mich nicht ab, ich habe solche Angst, daß Du mich fortschicken könntest, daß unser Sohn

mich nicht will. Ich fürchte mich vor Deinem Schweigen, Deinem Blick: Ich brauche euch doch, ihr dürft mich nicht verlassen. Ich könnte es einfach nicht ertragen, wenn ihr mich zurückweisen würdet. Ich werde zu euch kommen, euch überraschen. Jetzt habe ich keine Angst mehr vor Deinen Eltern, ich bin der, den Du liebst, und sie werden es nicht wagen, mich fortzuschicken. Wenn ich Glück habe, sind sie gar nicht da, dann sind wir drei ungestört.

Wer weiß, wie viele schöne Geschenke Du erhalten hast. Und Dein schönstes Geschenk werde ich sein: Aber gib mir noch ein wenig Zeit, mein Liebling, ich bitte Dich. Gib mir Zeit, nur ein kleines bißchen von Deinem Mut aufzubringen ...

Alles Liebe, meine Kleine,

Dein Giacomo

17. Juli 1978

Ich habe es getan, mein Liebling, Du hast es ja gesehen, ich habe es tatsächlich geschafft. Es war sehr heiß, und mein Gesicht war naß von Schweiß, oder vielleicht waren es auch die Tränen. Endlich habe ich es geschafft, zu Dir zu kommen. Ich wagte nicht, Dir in die Augen zu sehen. Dein Blick kann ja zuweilen so hart sein: Du schicktest mich nicht fort, aber ich hatte dennoch nicht den Mut, näher zu kommen. Verdammte Feigheit! Du schweigst für immer, wozu dann all die weißen Rosen? Ich machte ganz vorsichtige Schritte, um Dich nicht zu stören, dann ging ich wieder zum Wagen, weil ich nicht die Kraft hatte, Dich anzusehen. Anna, ich las so viel Liebe in Deinem Blick. Wie fest habe ich den kalten Stein umarmt, der mein Leben enthält! Werde ich es jemals ganz begreifen können, daß Du da unten liegst?

Ich habe Dich und unser Kind getötet mit meiner Feigheit. Warum habe ich Dich nicht zu mir genommen, wie Du es wolltest? Ich bat Dich, zu warten, und Du glaubtest, ich hätte Dich verlassen. Du hast allen einen Abschiedsbrief hinterlassen, nur mir nicht. Was hättest Du mir auch schreiben sollen, was ich nicht schon wußte? Es ist alles meine Schuld, und ich werde mir das niemals verzeihen. Ich werde niemals vergessen, daß ich meine Frau dazu gezwungen habe, von mir zu gehen, daß mein Kind durch meine Schuld nie das Licht der Welt erblickte. Ich weiß, daß all die vielen Tränen, die ich schon vergossen habe, niemals ausreichen werden, um Vergebung zu finden, mein Liebling. Ich glaubte, den Verstand zu verlieren, ich konnte einfach nicht akzeptieren, daß Du nicht mehr lebst. Das war schon wieder feige, ich weiß. Jetzt wird sich vielleicht etwas ändern: Deinem Andenken zuliebe will ich versuchen, mich zu bessern... Ich weiß nicht, wann ich wieder die Kraft finden werde, Dein Bild zu küssen, mich auf die kalte Marmorplatte zu setzen und mit Dir zu sprechen. Aber Du wirst immer bei mir sein, Anna, mit unserem Kind. Ich liebe Dich unendlich.

Giacomo

23. April 1979

Ciao, kleiner Wirbelwind, es ist mir wieder gelungen, euch zu besuchen. Das zweite Mal war schon nicht mehr so schwer: Ich mußte nicht mehr zwischen den Gräbern umherirren, bangend und hoffend zugleich, auf einem der Steine Deinen Namen zu entdecken. Meine Rosen waren fort, aber ich habe Dir neue gebracht. Es war sehr schön, mit Dir zu sprechen, Dich wiederzusehen. Jetzt weißt Du, wie hart ich arbeite. Zuerst tat ich es für uns, jetzt, um nicht allzu viel grübeln zu müssen.

Das Beste ist, daß ich nur Dir gehöre: Ich habe keine Frau mehr geküßt, und geschlafen habe ich ohnehin nur mit Dir. Ich muß gerade daran denken, daß ich Dich einmal für die Worte tadelte, die Du mir schriebst: Und natürlich hattest Du recht, wie immer... Was würde ich alles dafür geben, wenn Du nun hier sein könntest, bei mir, um mir die Tränen von den Wangen zu lecken und mir noch einmal den Genuß von damals zu bereiten! Wie soll ich jemals eine andere Frau begehren, da ich noch immer

ganz erfüllt bin von Dir? Du glaubst mir nicht? Du kannst mir wohl noch immer nicht vertrauen und denkst, das Leben wird am Ende doch stärker sein. Das ist schon wahr, Anna, aber mein Leben, das bist Du.
Bis bald, mein Liebling.

Für immer der Deine, Giacomo.

27. August 1979

Eigentlich dürfte ich nicht wagen, Dir zu schreiben, Anna, aber ich brauche Deine Vergebung. Diese Frau bedeutet mir nichts, es ist nur Sex, aber ich habe Dich trotzdem betrogen. Du hast es ja selbst gehört, ich habe ihr sofort gesagt, daß ich eine andere Frau bis zum Wahnsinn liebe. Sie suchte sogar einen Trauring an meinem Finger. Und als sie keinen fand, war sie erleichtert. Doch ich bin mehr als verheiratet, ich gehöre Dir ganz und gar; und habe Dich dennoch betrogen.
Ich kann nicht einmal behaupten, daß ich mich vor mir selbst geekelt hätte, Du hast mich ja gesehen, ich kann Dich nicht täuschen: Ich sog den Duft ihrer Haut ein und war berauscht. Verzeih mir, Anna, ich flehe Dich an, bitte verzeih. Ich hasse mich dafür, ein Mann zu sein, gewisse Instinkte zu verspüren. Hätte ich ein wenig mehr Mut, dann ließe ich mich kastrieren. Ich werde den ganzen Tag weinen und

Dich um Verzeihung bitten, mein Liebling... Sag, daß Du mir nicht böse bist, daß Du mir selbst dann vergibst, wenn ich wieder etwas Unrechtes tue...

Giacomo

28. August 1979

Warst Du es wirklich, Anna? Ich kann einfach nicht glauben, daß das nur ein Traum war. Du bist zu mir gekommen und hast mir unseren Sohn gezeigt. Ich habe Dich gesehen, und Du hast meine Tränen getrocknet. Du hast gesagt, Du wolltest mich glücklich sehen, ich bräuchte mich nicht mehr an Dich gebunden zu fühlen. Aber Du hast geweint, meine Kleine, und Du wolltest nicht, daß ich Dich berühre. Dann bist Du verschwunden.

Nein, Anna, ich werde vielleicht wieder etwas Unrechtes tun, aber ich werde niemals aufhören, Dich zu lieben, als meine einzige, unersetzliche Frau. Ich weiß jetzt, daß Du mir meine Fehler verzeihen wirst, weil Du weißt, was für ein Dummkopf ich bin, aber mein Herz wird immer Dir gehören. Danke, Anna.

Für immer der Deine, Giacomo

9. Januar 1981

Ciao, mein Schatz, wieviel Zeit ist seither vergangen, fast fünf Jahre... Und Du bist noch immer bei mir.

Ich will Dich nicht mehr mit diesen dummen Sexgeschichten langweilen, die mir hin und wieder passieren. Du hast mir einmal gesagt, Du wolltest nur mein Glück, aber ich habe schon oft geträumt, daß Du mich zornig angefunkelt hast, nicht mit mir sprechen wolltest, mir sagtest, ich hätte Dich auf dem Gewissen, weil ich nicht mit Dir fliehen wollte, ich hätte Dir damit die Tabletten gleichsam in den Mund gelegt und Dich und unser Kind getötet... Dann wache ich schweißgebadet auf und fühle mich schlecht; aber ich kann nur auf mich böse sein, auf niemanden sonst: Ich verdiene Deinen Haß, auch wenn er mir wehtut, auch wenn er mich um den Verstand bringt. Für mich zählt nur eines, daß Du mich nicht verläßt, mein Liebling. In der Arbeit komme ich gut voran, und viele schätzen mich. Vielleicht wärest Du stolz auf mich. Ich werde Dich immer lieben.

Dein Giacomo

22. August 1983

Ich habe es geschafft, mein Schatz: Ich bin befördert worden, als Jüngster: Der Direktor sagte, daß ich, wenn ich so weitermache, schon bald an seinem Stuhl sägen werde. Ich verdiene jetzt weit mehr, aber ich weiß nicht, was ich mit all dem Geld anfangen soll. Ich kaufe mir hin und wieder etwas zum Anziehen, zahle meine Miete... vielleicht kaufe ich mir ein Haus. Ich bin an das Alleinsein gewöhnt. Meine Eltern sind ja auch von mir gegangen, wie Du weißt... Aber heute kann ich einfach nicht Trübsal blasen! Ich wünschte, Du wärest hier und könntest mit mir feiern... Unser Sohn wäre nun ungefähr sieben Jahre alt, würde schon alles verstehen, und wir wären glücklich vereint. Warum mußte es nur so kommen, Anna?

Dein Giacomo

7. Juli 1985

Meine Anna, nur Du kannst mich verstehen. Ich wollte ihr nichts vormachen, weißt Du, ich habe ihr nie gesagt, daß ich sie liebe. Ich möchte nicht, daß sie um meinetwillen leidet, keiner soll wegen mir leiden, aber was soll ich tun? Ich liebe sie nun einmal nicht. Ich habe ihr doch gesagt, daß es eine andere Frau gibt, wie konnte sie sich da nur falsche Hoffnungen machen? Was soll ich nur mit ihr anfangen, Anna? Ich habe ihr gesagt, sie solle vernünftig sein, ich würde nie eine andere lieben können als Dich. Ich habe ihr auch von unserem Sohn erzählt, aber sie *will* einfach nicht verstehen. Ich würde alles tun, um ihr das Leiden zu ersparen, aber bei ihr bleiben, sie heiraten, mit ihr leben, das kann ich nicht...

Ich bitte Dich, hilf mir, mein Liebling, und hilf auch ihr, sie kann ja nichts dafür. Wie immer bin ich schuld an all dem Kummer, und wie immer weiß ich kein Mittel dagegen. Ich beschwöre Dich, Liebste, weil Du mich kennst und mich verstehst, Du, Du allein. Hilf mir.
Für immer der Deine,

Giacomo

18. Januar 1988

Ciao, mein Liebling... Der Mann mit den kleinen Schritten ist nun ein seriöser Manager. Ich weiß, das alles ist Dein Verdienst, und ich kann Dir niemals genug danken. Mit vierunddreißig Jahren bin ich reich, habe ausgezeichnete Beziehungen und werde, wenn alles so geht, wie ich es mir wünsche, im Mai zum Vizedirektor aufsteigen. Du hattest recht: Ich habe nun eine Menge Geld, eine erstklassige Stellung, aber es ist mir nicht wichtig. Du siehst ja, wie die Frauen Schlange stehen, um in mein Bett zu kommen. Darüber sollte ich wohl glücklich sein, aber ich kann einfach nicht. Unser Kind wäre jetzt zwölf Jahre alt, Du bist nicht mehr da, und mein Herz ist leer. Nichts kann mich begeistern, nur die Erinnerung an die Stunden, die ich mit Dir verbracht habe... Ich habe mich verändert, Anna: Früher brachte mich allein der Anblick eines

Kindes in Wut, aber mittlerweile empfinde ich dabei nur noch Zärtlichkeit.
Gestern bin ich wieder im Waisenhaus gewesen: Nur so habe ich das Gefühl, nützlich zu sein. Auch die Frauen behandle ich nun anders, sehe sie nicht mehr als Lustobjekte und gehe grundsätzlich nur dann mit ihnen aus, wenn ich sie zumindest schätzen kann. Aber es ist wirklich schwierig, weil ich nicht will, daß sie mir zu nahe kommen. Bis bald, meine Kleine,

Dein Giacomo

30. November 1990

Liebste, soll ich behaupten, daß ich glücklich bin? Schon den ganzen Tag ist mir ein starres Lächeln ins Gesicht gemalt, weil ich heute der jüngste Direktor dieses verdammten Unternehmens geworden bin. Hier bei Dir kann ich dieses gezwungene Grinsen nun endlich ablegen. Mir ist alles gleichgültig. Ich fühle mich nur in Gesellschaft von ein paar verständnisvollen Freunden wohl. Ansonsten sieht mein Leben folgendermaßen aus: Ich arbeite und denke an Dich, denke an Dich und arbeite. Ich habe schon lange mit keiner Frau mehr geschlafen, ich habe auch gar keine Lust dazu. Was für ein Leben ist das? Vielleicht die gerechte Strafe, weil ich mit Dir alles falsch gemacht habe, mein Liebling...

Ich bringe mich nur deshalb nicht um, weil ich es achte, dieses Leben, das Du meinetwegen weggeworfen hast. Aber ich lebe in der ständigen Erwartung, Dich und unser Kind einmal wiederzusehen... Ihr beide fehlt mir sehr.
Bis bald, meine einzige Liebe.

Giacomo

24. Oktober 1991

Liebling, es ist eigenartig... Ich habe eine junge Frau kennengelernt. Sie hat Deinen Namen, ist sonst aber ganz anders als Du: schüchtern, verschlossen und ausgesprochen unglücklich, wie mir scheint... Sie tut mir sehr leid. Ich liebe Dich.

Dein Giacomo

7. September 1992

Ciao, Anna, ich habe Dir nun schon eine ganze Weile nicht mehr geschrieben, sei mir nicht böse. Warum besuchst Du mich nicht mehr in meinen Träumen? Erinnerst Du Dich an die junge Frau, von der ich Dir erzählt habe? Sie arbeitet für mich, ist absolut pünktlich und zuverlässig, aber auch entsetzlich traurig. Das Leben kann sehr grausam sein.
Bis bald.

Giacomo

Das war das letzte Schreiben, das ich fand. Welch ungeheure Bürde lastete auf Giacomos Schultern. Ich hätte ihn nie darauf angesprochen, aber jetzt war mir vieles klarer.

Eines Abends besuchten mich die Carasottis, und ich bat Nicola, sich gut zu benehmen. Sie kamen, um Abschied zu nehmen, weil sie wieder in ihre Heimat im Norden zurückkehren wollten. Ich würde Angelina also nicht mehr wiedersehen, künftig auf ihr Lachen und ihre guten Ratschläge verzichten müssen. Sie blieben ein paar Stunden bei uns, und Angelina und ich bespöttelten Nicolas ziemlich unbeholfenes Italienisch.

»Das Land hier wird uns fehlen«, meinte der Ingenieur. Sofort fing Nicola an, sich in hochtrabenden Lobeshymnen zu ergehen, da fiel ich ihm ins Wort und bemerkte ironisch:

»Ja, gewiß doch, Herr Ingenieur... Sie werden die Leute hier vermissen, die unentwegt ihre Nasen in die Angelegenheiten der anderen stecken; ihre unbegründete Bosheit wird Ihnen fehlen, ihr Getratsche, ihre Ignoranz und ihr Wunsch, Ignoranten zu bleiben, ihre Engstirnigkeit... Sie...« Da fiel Nicola mir ins Wort, warf mir einen haßerfüllten Blick zu und wechselte das Thema. Angelina lächelte mir in stillem Einvernehmen zu. Bevor sie fortging, schlossen wir unser Erinnerungsalbum, in dem wir so oft geblättert hatten. Wir umarmten uns weinend.

Angelina riß sich als erste los: »Ich ruiniere mir ja die Schminke... Aber wenigstens *kann* ich mich schminken...«, sagte sie mit einem vielsagenden Seitenblick auf Nicola, der tat, als verstünde er nicht.
»Schreib mir bald, Angelina...«
»Du mir auch, Annetta... Wir wollen einander nicht aus den Augen verlieren...«
Ich habe dich lieb, hätten wir uns am liebsten gesagt, aber vielleicht war dieser Zusatz gar nicht nötig.
Sobald die Tür hinter ihnen ins Schloß fiel, zischte Nicola: »Was fällt dir überhaupt ein, so daherzureden?« »Das war die reine Wahrheit«, entgegnete ich. Da verpaßte er mir eine Ohrfeige und sagte, er wisse genau, daß Angelina mir all diese Flausen in den Kopf gesetzt hätte, und er sei froh, sie endlich los zu sein. Dann ging er zu Bett und war, dem Himmel sei Dank, müde.
Ich dagegen tat kein Auge zu. Ich dachte an die Zeit im Gymnasium, als die Mädchen sich Papiertaschentücher in den BH gestopft hatten, um den Busen größer erscheinen zu lassen, und ich, eine Außenseiterin, sie dabei beobachtet hatte, ich dachte an den Direktor, an meine kindischen Träume, daran, wie unheimlich wichtig Angelina für mich gewesen war, und bei diesem Gedanken mußte ich weinen: Wen hatte ich denn jetzt noch? Ich war wieder einmal entsetzlich einsam...

Die schwermütige Stimmung wollte den ganzen nächsten Tag nicht von mir weichen, und Giacomo als einziger schien es zu bemerken. Nicola mußte blind gewesen sein, denn es stand mir ja förmlich ins Gesicht geschrieben, wie verloren, wie einsam ich mich fühlte. Giacomo dagegen verstand, was ich durchmachte, und er sprach mit mir so einfühlsam und verständnisvoll über meinen Kummer, als wäre es der seine. Nur bei ihm und meiner Arbeit fühlte ich mich nicht einsam, und mir wurde klar, wie wichtig das Büro für mich geworden war. Das Geld, nun ja, das zählte schon auch, aber ich empfand bei dem Gedanken daran bei weitem nicht mehr die Genugtuung wie beim ersten Mal. Nun ging ich nur noch ab und zu einkaufen, um für hunderttausend Lire das ein oder andere Kleidungsstück zu erstehen.

Giacomos liebenswürdige Komplimente ermunterten mich hin und wieder, mich zurechtzumachen, doch dann kam die Nacht und mit ihr der Alptraum mit Nicola. Nichts konnte ihm Einhalt gebieten, nicht einmal die gröbsten Beleidigungen, die ich ihm an den Kopf warf, um mich gegen seine überlegene Kraft und maßlose Begierde zu wehren. Hätte ich mich fügen sollen? Hätte ich lieber so tun sollen, als gefiele er mir, hätte ich die Augen dabei schließen, an etwas anderes denken und warten sollen, bis es vorüber war? Vielleicht wäre dann alles weniger kompliziert gewesen, hätte das Zusammenleben mit ihm ein wenig entspannt, aber ich wollte nun einmal nichts vortäuschen. Ich wollte mir zumindest meine Selbstachtung bewahren, wollte sie mit allen mir zu Gebote stehenden Mitteln verteidigen.

Am siebenundzwanzigsten irgendeines Monats kam meine Mutter zu mir. Ich war so traurig, daß ich in ihr nur die Frau sehen konnte, die mich geboren hatte. Ich mochte einfach nicht daran denken, daß sie mir nicht wohlgesonnen war und mich nur besuchen kam, weil heute Zahltag war und sie sich Geld von mir erhoffte; ich wünschte mich in die Geborgenheit ihres Bauches zurück, war nur noch ein Kind, das sich nach Liebe sehnte und behütet werden wollte.

Ich hatte geweint, als sie kam, doch sie fragte mich nicht nach dem Grund. Statt dessen fing sie sofort an zu jammern, über ihr schwieriges Leben, die steigenden Preise, meinen Vater, der viel zu anspruchsvoll war, meinen Bruder, der das Geld zum Fenster hinauswarf, immer dieselbe Leier; an alle müsse sie denken, ohne sich jemals auch nur eine Kleinigkeit zu gönnen... Dabei esse sie für ihr Leben gern Schokolade! Eigenartig: Meine Mutter hatte also eine Schwäche, eine Vorliebe für etwas, für Schokolade. Und das erfuhr ich erst jetzt, nach all den Jahren, jetzt, weil ich zu arbeiten begonnen hatte und mein eigenes Geld verdiente.

Natürlich war sie tatsächlich nur wegen des Geldes gekommen. Ich holte also hunderttausend Lire aus meinem Versteck. Sie sah mich zufrieden an, strich mir über den Scheitel und verließ eilig die Wohnung.

Ja, ich gebe es zu: Ich hatte versucht, mir ihre Liebe zu erkaufen. Ihre Liebkosung hatte mich hunderttausend Lire gekostet... Für zweihunderttausend hätte sie mich geküßt, und für dreihunderttausend hätte sie mich wohl gar an sich gedrückt... Doch ich hätte mindestens sechshunderttausend bieten müssen, damit sie mich gefragt hätte, wie es mir ginge... Ein entsetzlicher Gedanke. Ich weinte, und in meiner Einsamkeit kam mir dummerweise immer wieder das Wort »Mama...« über die Lippen. Reiß dich zusammen, Annetta, bitte den lieben Gott, daß er dir hilft...

Jetzt war mir noch elender zumute, und plötzlich wurde mir übel: Ich hatte Angst, ohnmächtig zu werden, weil niemand in der Nähe war, der mir hätte helfen können; also trat ich ans Fenster und holte tief Luft. Aber es wurde nicht besser, und mit einem Mal drehte sich alles um mich her. Konnte das der Besuch meiner Mutter bewirkt haben? Sicher, es war fürchterlich gewesen, aber trotzdem... In meinem Kopf drehte sich weiter alles im Kreis, und ich fühlte, wie mir allmählich die Sinne schwanden. Mit letzter Kraft versuchte ich, mich ins

Schlafzimmer zu schleppen, wobei ich Halt suchte an Wänden und Möbeln. Doch ich schaffte es nicht, und alles, woran ich mich noch erinnere, ist, daß ich langsam, am Ende fast glücklich, zu Boden sank, so, als fiele ich in einen tiefen Schlaf.
Bei seiner Rückkehr fand Nicola mich besinnungslos am Boden: Ich war schwanger, verdammt noch mal!

Ein Kind ist immer eine Gottesgabe... Galt das auch für die Frucht einer Vergewaltigung? Auch wenn dieses Kind mich stets daran erinnern würde, daß mein Nein der Brutalität seines Vaters nicht gewachsen war? Auch wenn seine Augen womöglich die Farbe von Nicolas Augen haben würden?
Dennoch war ich bereit, sie anzunehmen, diese Gottesgabe. Ich entschied mich bewußt gegen eine Abtreibung. Wäre mir allerdings der Gedanke, dieses Kind nicht zu wollen, richtiger erschienen, hätte ich keineswegs das Gefühl gehabt, eine perverse Mörderin zu sein, Gewalt mit Gewalt zu vergelten; ich hätte lediglich die Geburt eines Geschöpfes verhindert, das die Frucht eines Mißbrauchs war, gezeugt ohne Liebe. Ich glaubte sehr wohl an Gott, aber nicht an einen harten, rächenden Gott, der mich bestrafen würde.
Ich behielt mein Kind, weil ich allein war und hoffte, es würde mir meine mißliche Lage leichter ertragen helfen. Meine Wahl war eigentlich sehr selbstsüchtig.

Als sich die Neuigkeit verbreitete, war sie für alle der Beweis, daß Nicola und ich eine harmonische Ehe führten und nun schon bald, mit dem Baby, eine vollkommene, glückliche Familie sein würden. Natürlich kam meine ganze Verwandtschaft an und erteilte mir wertvolle Ratschläge: »Denk dran, wenn du was riechst, mußt du unbedingt 'nen Happen davon essen.«

»Überanstreng dich bloß nicht.«

»Paß auf, worauf du Lust hast...«

Nicola war keinen Deut netter zu mir, aber wenigstens zwang er mich nicht mehr, mit ihm zu schlafen. Damit reduzierte sich unser Zusammenleben quasi auf Null. Eigentlich wollte ich gar nicht um jeden Preis polemisch sein, aber die Geschichte mit den Gelüsten war mir schon immer verdächtig vorgekommen: Meine Verwandten glaubten nämlich fest daran, daß jeder ungestillte Appetit auf dieses oder jenes Nahrungsmittel unschöne Flecken auf dem Körper des Kindes verursachen konnte... Aber nicht nur vor Gerüchen, sondern auch vor bestimmten optischen Reizen warnten sie mich. Ihrer Ansicht nach hätte ich deshalb auf das Fernsehen, vor allem auf Werbesendungen verzichten, mir sozusagen Nase und Ohren verstöpseln müssen... Also wirklich! Und wenn ich plötzlich, zum Beispiel in der Nacht, auf etwas Lust bekam, sollte ich sofort Nicola wecken, damit er mir das entsprechende

Nahrungsmittel besorgen konnte. Vielleicht gar eine schöne Frucht, für die es noch gar nicht an der Zeit war? Nicola hätte mir was gehustet! Für einige Frauen hier schien die Schwangerschaft so etwas wie eine persönliche Rache für all die Enttäuschungen, die sie sonst erdulden mußten: In diesen wundervollen neun Monaten erfüllten die Ehemänner ihnen jeden Wunsch, waren ein wenig geduldiger, einfühlsamer…

Natürlich galt dies für die Mehrheit der Frauen, während ich einer Minderheit angehörte: Nicola war weder geduldiger noch einfühlsamer als zuvor, mein Zustand war ihm ganz und gar gleichgültig; er war sogar leicht gereizt, weil er nun nicht mehr mit mir schlafen konnte. Jetzt führten wir nicht einmal mehr die gewohnten Gespräche, ohnehin nur Streitereien und Auseinandersetzungen. Ich war eine werdende Mutter und damit weder Frau noch Ehefrau.

Am meisten störte es mich, daß wir nicht ein einziges Mal über das Kind sprachen, so als würde es nicht existieren, als solle es gar nicht erst auf die Welt kommen. Mein Kind hatte noch keinen Namen, und wir suchten ihm auch keinen aus. Es war ein Neutrum, und wir sprachen auch nicht, welches Geschlecht wir uns erhofften. Ich wußte, daß wir die Babyausstattung nicht vor dem siebten Monat kaufen durften, weil das angeblich Unglück brachte; aber sprechen hätten wir doch darüber können: Streng genommen war es ja mehr sein Kind als meines...

Das einzige, was ihm zu meiner Situation einfiel, war, mir die Arbeit bei Giacomo zu verbieten. Ich wollte ihm klarmachen, daß meine Arbeit ganz gewiß nicht zu anstrengend für mich war, doch er bekam Verstärkung von sämtlichen Verwandten, die ihn eifrig unterstützten.

Es fiel mir unendlich schwer, die Arbeit aufzugeben, auf all die Stunden der Geschäftigkeit und Freiheit zu verzichten und ohne die solidarische Unterstützung Giacomos zurechtzukommen. Ein Jahr lang mindestens würde ich all dies vergessen müssen: Ach was, ein Jahr! Ein für allemal war damit Schluß: Es war einfach undenkbar, mit einem Kind zur Arbeit zu gehen, selbst wenn es größer wurde... Ich wandte mich mit ein wenig vorwurfsvoller Stimme an das kleine, unbekannte Wesen: »Da bist du noch nicht einmal auf der Welt, und schon machst du mir Schwierigkeiten...«

Das war mein voller Ernst, denn ich saß ganz schön in der Klemme... Ich widersetzte mich den Verboten der Verwandten und ging zu Giacomo, um ihm meine Lage zu erklären. Er sah, daß ich nicht glücklich war, wußte es, ohne mich zu fragen.

»Paß auf dich auf... Ich warte auf dich...«

Und wieder mußte ich all die leeren Tage ertragen. Ich brachte mir das Stricken bei, und meine einzige Gesellschaft war der Fernseher.
Hin und wieder sprach ich mit meinem Kind. Manchmal haßte ich es, aber dann dachte ich, daß es doch nicht seine Schuld war, und dann streichelte ich meinen Bauch und dachte mir Geschichten aus von einer wunderschönen Welt, einem liebevollen Papa, vielen hübschen Spielsachen und vielen, vielen Freunden.
Ich sang ihm ein selbstgereimtes Schlafliedchen vor und mußte dabei weinen, aber es war schön, wegen des Kindes zu weinen. Ich wagte nicht, ihm einen Namen zu geben, und es schien mir auch gar nicht so wichtig... Viel wichtiger war doch, daß es sich nicht verlassen fühlte und keine Mutter wie die meine bekommen würde.
Zugegeben, ich schwindelte ein wenig, wenn ich ihm Dinge versprach, die es niemals sehen würde, aber ein schlechtes Gewissen hatte ich deshalb nicht: Immerhin war es das erste Mal, daß ich für ein Kind Geschichten erfand.
Ich konnte mich gut in mein Baby hineinfühlen, und wenn ich meinen Bauch streichelte, gab mir das ein wenig Geborgenheit... Hatte nicht auch ich es nötig, mich ein wenig zu täuschen? Seine Träume waren meine Träume.
Meine Familie besuchte mich nur ein einziges Mal,

nur für ein paar Minuten, und jeder machte ein finsteres Gesicht. Das wird wahrscheinlich an Nicola liegen, dachte ich. Der aber begrüßte sie nur kurz, gab dann mürrisch vor, müde zu sein, und verzog sich ins Schlafzimmer. Wir vier blieben allein um den Tisch sitzen. Während ich Kaffee kochte, herrschte peinliche Stille, die Distanz zwischen uns war unüberwindbar... Mutter nahm einen Schluck Kaffee und fragte mich beiläufig: »Wie fühlst du dich?« Und ich hatte das ungute Gefühl, als ließe meine Antwort sie völlig kalt, als hätte sie weiter seelenruhig ihren Kaffe geschlürft, selbst wenn ich gesagt hätte, ich läge im Sterben.

»Gut«, sagte ich.

Ich hatte gedacht, daß sie mir nun irgendeine Geschichte aus der eigenen Schwangerschaft erzählen oder mir wenigstens irgendeinen unnützen Rat erteilen würde. Doch als hätten sie es so geplant und nur auf ihr Stichwort gewartet, blickten sie einander an, bemerkten, wie spät es schon sei und standen auf.

Mein Vater verabschiedete sich mit den Worten: »Morgen muß ich früh raus.«

Mein Bruder sagte: »Meine Frau wartet auf mich.«

Und meine Mutter: »Wir kommen ein andermal.«

Als sie die Tür hinter sich geschlossen hatten, schien mir, als hörte ich einen Seufzer der Erleichterung.

Ich war in der Küche, um die Tassen zu spülen, als Nicola wieder auftauchte: »Sind sie weg?« wollte er wissen. Ich nickte, und er schaltete den Fernseher ein.
Mir ging es damals miserabel, jeden Morgen war mir speiübel, ich hatte starke Rückenschmerzen und wurde häufig ohnmächtig. Dabei war ich noch nicht einmal im dritten Monat! Manchmal dachte ich, ich würde die restlichen sechs Monate nicht mehr durchstehen. Das Schlimmste aber war die eintönige Einsamkeit. Von keinem Menschen bekam ich ein Lächeln, am allerwenigsten von Nicola, der die ganze Welt zu hassen schien. Er war permanent schlecht gelaunt, schlang sein Essen hinunter, saß vor der Glotze und ging dann zu Bett, Abend für Abend.
Und noch immer dachte ich mir Geschichten aus für mein Kind! Wenn es auf die Welt kam, würde es mir bestimmt einen Tritt verpassen, weil ich ihm so viele Lügen erzählt hatte! Und ganz recht geschehen würde es mir, denn schließlich darf man die Menschen nicht so hinters Licht führen…
Ein lieber Papa, der mit ihm spielen würde, und viele, viele Freunde: Was sollte ich ihm sagen, wenn er dahinterkam, daß an meinen Reden kein Fünkchen Wahrheit war? Wenn er merkte, daß er seinen Vater nur abends zu Gesicht bekommen würde und daß der nicht einmal mit ihm spielen würde? Ich, nur ich würde immer mit ihm lachen und scherzen, aber wer

würde mir die Kraft geben, ihm meine Tränen nicht merken zu lassen, oder, schlimmer noch, ihm meine Schreie nicht hören zu lassen, wenn sein Vater wieder anfangen würde, mich zu vergewaltigen? Wenn das Kind erst einmal da ist, dann wird vielleicht alles anders, versuchte ich mich zu beruhigen …

Eines Abends kam Nicola in Hochstimmung nach Hause, denn einflußreiche Leute würden am folgenden Tag mit uns zu Abend essen. Sie würden ihren Urlaub hier verbringen und voraussichtlich einen ganzen Monat lang in »seinem« Hotel wohnen. Endlich ein wenig Abwechslung, dachte ich bei mir und freute mich auf diesen Besuch.
Am folgenden Abend war Nicola ganz zappelig und hatte ständig etwas an mir herumzunörgeln.
Dann klingelte es: Drei elegante Herren ließen einer beleibten, schmuckbehangenen Dame den Vortritt. Man sprach über dies und jenes, über mein Bübchen, seinen Namen … Dann setzten wir uns um den Tisch, und einer der Gäste brachte das Gespräch auf politische Themen: »Wissen Sie, was ihr Land in den Ruin treibt? Die Politik, die Leute hier sind einfach zu rückständig …«
Ich mischte mich in das Gespräch: »Sie haben ganz recht, aber wenn das Brot nun einmal von der Democrazia Cristiana kommt, haben die Kommunisten nicht viele Chancen …«

Nicola errötete. »Das… meinst du nicht ernst!« fiel er mir ins Wort. »Wir haben hier doch schon immer für die Partei des Herrn gewählt… Kommunisten!«

Die Leute lachten, weil sie dachten, er rede im Scherz, nur ich wußte, daß dem nicht so war. Das Schlimmste aber sollte erst noch kommen. Irgendwann im Laufe des Abends kam man auf das Land hier zu sprechen und seine Vorzüge: »Schön ist es hier bei Ihnen… Ich beneide Sie besonders um den Sonnenschein, er tut meiner Haut so gut, sehen Sie nur, wie bleich ich bin«, klagte die Dame.

»Beneiden Sie uns auch um das Wasser, das nur ein- oder zweimal im Monat hier ankommt, um unsere Kanalisation, die nicht funktioniert, und um den Dreck, Signora? Dann wüßten Sie wohl einiges anzufangen mit all dem hübschen Dreck, der sich am Flußufer absetzt… Er stinkt zwar ein bißchen, aber sonst…«

»Sie macht schon wieder Spaß«, fiel Nicola mir schnell ins Wort. »Es stimmt schon, wir haben ein paar Probleme hier, wo gibt's die auch nicht, aber das Meer…«

»… ist eine Kloake! Und der Sand ist schmutzig, nur sieht man das nicht auf den schönen Ansichtskarten…«

»Halt endlich den Mund, Annè!« fuhr Nicola mich an.

»Oh, natürlich, mein Mann möchte, daß ich nur von positiven Dingen spreche, aber da kann ich beim besten Willen nichts finden, und so ist es mir wirklich ein Rätsel, wie Leute hier ihre Ferien verbringen können... Sehen Sie sich doch einmal hier um, nichts als Armut und Dreck!« Ich kam langsam in Fahrt.
»Das reicht, Annè!«
Ich war zu weit gegangen: Was ich gesagt hatte, stimmte, aber hatte ich es ausgerechnet diesen Leuten sagen müssen? Betretenes Schweigen herrschte am Tisch, und Nicola wechselte schleunigst das Thema. Für den Rest des Abends war ich still. Es war aber bereits zu spät, denn einer der drei Männer wandte sich beim Gehen an mich:
»Wir werden Ihren Rat befolgen, Signora, und uns ein wenig umsehen in der Gegend hier... Der Teufel ist ja bekanntlich nie so schwarz, wie man ihn malt, aber man kann nie wissen... Wir warten noch mit der Zimmerreservierung... Danke für alles...«
Ich bemerkte, wie dieser Mann Nicola einen Moment lang zuzwinkerte... Was hatte das zu bedeuten? Hatte er keinen Respekt vor mir? Hielten sie mich alle für eine arme Irre? Ich hatte nicht viel Zeit, darüber nachzugrübeln.
Kaum war die Tür ins Schloß gefallen, flüchtete ich schleunigst aus Nicolas Reichweite und verbarrikadierte mich im Schlafzimmer. Nicola hämmerte

gegen die Tür, und ich schob sämtliche verfügbare Möbel davor, um mich zu schützen. Als erstes den Stuhl, auf dem meine Kleider lagen.

»Mach auf, du Schlampe!«

Hastig schob ich zuerst den einen, dann den anderen Nachttisch vor die Tür.

»Mach auf, sag ich, oder ich schlag dich grün und blau...« Sein Pochen wurde immer heftiger, und schließlich warf er sich mit voller Wucht gegen die Tür. Welches Möbelstück konnte ich noch verrücken? Die Spiegelkommode... Sie war sehr schwer, und ich brauchte mcine ganze Kraft, um sie vor die Tür zu bewegen, aber da ich meine Haut retten wollte, hatte ich gar keine andere Wahl: Sonst würde ich es sein, der Nicolas Schläge, Stöße und Tritte abbekam... Als ich die Kommode vor die Tür geschoben hatte, mußte ich mich kräftig dagegenstemmen, um zu verhindern, daß sie, mitsamt den anderen Möbeln immer mehr zurückgedrängt wurde. In panischer Angst blickte ich um mich, doch nur der Kleiderschrank stand noch an seinem Platz, und der war einfach zu schwer für mich. Also versuchte ich mit aller Kraft, ein Zurückdrängen der Möbel zu verhindern. Es war zu spät: Nicola trat die Tür ein, schäumend vor Wut. Er stürzte sich auf mich und schrie: »Warum? Kannst du mir das sagen? Warum??!!«

Blankes Entsetzen erfaßte mich, als ich den Haß in

seinen Augen sah. Während er mit Fäusten und Füßen auf mich einschlug, hatte ich keine Kraft, irgend etwas zu sagen, und so konnte ich nur hoffen, daß er irgendwann aufhören würde. Ich dachte an mein Kind und schrie: »Hör auf, du Idiot! Das Baby! Ich bin doch schwanger!« Aber nicht einmal der Gedanke an das Kind konnte seinen Zorn beschwichtigen, und plötzlich dachte ich, daß es schön sein müßte, gemeinsam mit meinem Kind zu sterben, alle beide ohne Schuld.

Ich überlebte das Ganze, mein Kind nicht. Im Krankenhaus hatte niemand den Mut, die Wahrheit zu sagen: Ich war erst seit einem Tag aus dem Koma erwacht und noch immer benommen. Als ich Nicola im Zimmer sah, deutete ich mit einer hilflosen Geste an, man möge ihn hinausschicken: Alle hatten sie verstanden, aber niemand kümmerte sich darum. Also drehte ich mich gegen die Wand. Nach allem was geschehen war, mußte ich noch immer seine Gegenwart ertragen. Und wie arrogant er sich aufführte, so, als gehe ihn dies alles gar nichts an. Ich wollte nur noch schlafen, schlafen, nichts mehr denken, nichts mehr sehen.

Die Ärzte waren ausgesprochen liebenswürdig, und ich haßte sie dafür, weil ihre Freundlichkeit mich daran erinnerte, daß mein Kind tot war, während ich lebte. Verdammt! Ich wollte nichts essen, die Schwestern mußten mich zu jedem Bissen überreden. Sie waren mir so gleichgültig! Alles war mir gleichgültig, auch ich selbst, auch meine Eltern und Verwandten, die regungslos und stumm neben dem Krankenbett saßen, wie Marionetten …

Und die Besuche: Welch eine Qual, immer lügen zu müssen! Auf die Frage, wie es dazu kommen konnte, antwortete ich immer gleich: »Bin hingefallen.« Und es war geradezu grotesk, ihre Vorwürfe mitanhören zu müssen. Eine Frau in meinem Zustand müßte doch besser achtgeben auf sich …

Ich antwortete nicht, schaute sie nur an, all diese Marionetten. Verflucht! Sie wußten doch, wie es wirklich gewesen war, die Ärzte hatten ihnen ja klipp und klar gesagt, daß auch ich hätte sterben können, und alles wegen dieses Wahnsinnigen, sie aber senkten die Köpfe und schwiegen. Warum waren sie nicht entrüstet? Wenigstens mein Vater, mein Bruder … Waren sie nur mir gegenüber so stark? Was konnte ich schon von ihnen erwarten? Sie hatten mich ja nicht einmal vor meinem Onkel beschützt … Und im Grunde kam ich auch ohne sie zurecht.

Mein Kind würde so und so nicht mehr lebendig werden, und man kann die Menschen nicht zwingen, etwas zu sein, was sie nun einmal nicht sind. War einer von ihnen betroffen? Wenn ja, dann konnte er es ausgezeichnet verbergen. Ich hatte die Nase ein für allemal voll von ihnen.

Drei Tage blieb ich noch im Krankenhaus, dann verließ ich es gegen den Rat der Ärzte. Ich ging wieder zur Arbeit, aber es war nichts mehr so, wie es gewesen war: Mir kam erst jetzt richtig zu Bewußtsein, daß das Kind meine Zukunft gewesen war.
Ich starrte ins Leere und vergoß keine einzige Träne: Giacomo umarmte mich und riet mir, fortzugehen. Vielleicht hatte er recht, aber was machte das schon aus? Ich vegetierte nur noch vor mich hin, wie eine Pflanze, ein Automat: Ich kochte, räumte das Geschirr ab, spülte es und ließ mich weiter vergewaltigen…

In der Nacht stand ich des öfteren auf, ging in die Küche und hielt Zwiesprache mit meinem Kind: »Nein, ich werde mir nicht das Leben nehmen, das brauch ich nicht, denn ich bin ja schon tot«, murmelte ich und sang ihm sein Liedchen. Mein Singsang weckte Nicola hin und wieder, dann beobachtete er mich, wie ich mit leeren, tränenlosen Augen dasaß und mein Kindlein wiegte. Ich nahm ihn gar nicht richtig wahr, meinen Mann. Ich wußte zwar, daß er sich hinter der Küchentür versteckt hatte, und dämpfte auch meine Stimme, aber ins Bett ging ich deshalb nicht. Er war mir egal, auch was er dachte, war mir egal, nicht einmal das Zwiegespräch mit meinem Kind konnte er stören. Er war für mich ein Lebender, der sich neugierig bei den Schatten von uns Toten herumtrieb. Was konnte er uns schon anhaben? Wenn ich leiser sprach, dann nicht aus Furcht, er könne mich für irrsinnig halten, sondern weil er ein Fremder war… Nichts und niemand durfte sich zwischen mich und mein Baby drängen…

Am Morgen pflegte er mich dann ein paar Minuten lang schweigend anzustarren, bevor er zur Arbeit ging, als wolle er herausfinden, ob ich in der Nacht nur Theater gespielt hatte, um ihn um seinen Schlaf zu bringen, oder ob ich den Verstand verloren hatte. Die Antwort war in meinen Augen, die blicklos ins Leere starrten… Ich glaubte nicht, daß er sich ernsthaft Sorgen machte um mich, außerdem fragte er mich nie, wirklich nie, wie es mir ging… Nach wie vor mißbrauchte er mich Nacht für Nacht, und ich ließ es geschehen, dann drehte er mir den Rücken zu, und ich stand wieder auf und ging in die Küche…

Ich konnte damals nicht ahnen, daß die Unterhaltungen mit meinem Kind der Anlaß waren zu einem Familienrat, an dem sowohl meine als auch seine Leute teilnahmen. Sie kamen an einem der üblichen eintönigen Abende. Als es klingelte, sprang Nicola sofort erleichtert auf, um öffnen zu gehen, und unsere kleine Wohnung füllte sich nach und nach mit Leuten: Allen voran meine Schwiegermutter, begleitet von ihrem Ehemann und ihrer Tochter, meiner Schwägerin; ihnen folgten meine

Mutter, mein Vater, mein Bruder, sogar dessen Frau, und zuletzt ein Unbekannter, der mir als »Don Peppo« vorgestellt wurde. Er war um die fünfzig, klein, unansehnlich, behangen mit silbernen Kruzifixen und ganz in Schwarz.
Anfangs begriff ich nicht so recht, was er von mir wollte, aber dann dämmerte es mir. Er ließ sich eine Schüssel bringen und füllte sie mit Öl. Seine bedächtigen, ruhigen und geübten Gebärden reizten mich zum Lachen, doch als ich hörte, wie meine Verwandten leise murmelnd den Geist meines Kindes beschwörten, wurde ich wütend und stieß die Schüssel zu Boden. Alle starrten zuerst auf das Öl, dann auf mich, dann auf den Teufelsaustreiber.
Ich ging ins Schlafzimmer, packte meine wenigen Habseligkeiten in einen Koffer und verließ die Wohnung. Niemand stellte sich mir in den Weg. Immerhin glaubten sie mich noch immer in Satans Bann. Das war um zweiundzwanzig Uhr dreißig.

Wohin konnte ich gehen? Nicolas Hotel kam gar nicht in Frage. Es gab noch eine bescheidene kleine Pension, und dort mietete ich mir ein Zimmer. Es war zwar schmuddelig und abgetakelt, genügte aber meinen Zwecken, denn zumindest hatte ich ein Bett zum Schlafen, und außerdem hatte ich das stolze Gefühl, einer Versammlung von Wahnsinnigen entkommen zu sein.

Müde streckte ich mich auf das Bett, aber ich konnte nicht einschlafen. Ich schloß die Augen und überdachte mein bisheriges Leben. Ich war immer auf der Flucht gewesen, vor allem und jedem, ohne jemals zur Ruhe zu kommen. Angelina hatte mir einen Brief geschrieben, in dem sie mich bat, sie zu besuchen. Ich hatte ihr geantwortet, daß ich schwanger sei. Da hatte sie mich angerufen... Seitdem hatte ich nichts mehr von ihr gehört, und auch ich hatte nichts mehr hören lassen. Doch in dieser Nacht konnte ich nicht schlafen, und so schrieb ich ihr, sie könne mich jederzeit im Büro erreichen... Die Erinnerung an sie half mir ein wenig über meine Einsamkeit hinweg: Ich beschloß, mir nur noch schöne Dinge vorzustellen, aber die Gedanken an Oma und an Angelina wurden überschattet von den übermächtigen Bildern Nicolas oder meines Onkels oder meiner Mutter oder des Exorzisten.
Mit einem Mal schlief ich dann doch und hatte merkwürdige Träume. Viele. Bilder und Satzfetzen jagten einander, der Exorzist, der lachte, meine Oma, die mich anschaute, ein schreiendes Kind, ich mit kaputten Schuhen, eine Katze, die mich anspringen wollte, ich mit einem Messer, mein Vater mit einem Gewehr, der mich zum Duell forderte. Das ist ungerecht, rief ich, doch er lachte nur.
Als ich aufwachte, begriff ich nicht sofort, wo ich

mich befand und was geschehen war. Ich verdrängte die Erinnerungen an die vorhergehende Nacht, machte mich zurecht und verließ die Pension. Als ich im Büro ankam, merkte Giacomo sofort, daß etwas mit mir nicht stimmte. Er sah, daß ich nicht wie üblich in meiner melancholischen Stimmung gefangen war, und fragte mich, was geschehen war. So, als wollte ich das Erlebte sofort wieder abschütteln und so tun, als sei es gar nicht geschehen, erzählte ich ihm alles sehr hastig und nüchtern. Zärtlich ruhten seine Augen auf mir, als er meine Hände nahm ... Er sagte, mein Entschluß, fortzugehen, sei der richtige gewesen, denn diese Menschen seien wahnsinnig, aber ich dürfe keinen Tag länger in dieser ekelhaften Pension bleiben.

Er bot mir an, in eine seiner Wohnungen zu ziehen oder bei ihm zu bleiben. Ohne Hintergedanken, betonte er, denn er habe mich gern. Das Angebot, bei ihm zu wohnen, lehnte ich ab, weil ich ihm keine Umstände bereiten wollte, aber ich bat ihn um eine seiner Wohnungen, eine kleine, für die ich die Miete aufbringen konnte. Er setzte die monatliche Miete auf dreihunderttausend Lire fest. Mittlerweile verdiente ich bereits eine Million Lire im Monat.

Die Wohnung war schön und hell, und die Miete dafür lächerlich niedrig. Ich fühlte mich frei, wie neu geboren, fast heiter: Ich arbeitete, ging einkaufen, um dann, bei mir zu Hause, meine weibliche

Unabhängigkeit auszukosten. Ich las, rauchte sogar und hatte beschlossen, möglichst bald den Führerschein zu machen.

Doch ich hatte vergessen, wie die Leute in dieser Gegend hier sind: Schon bald ging das Gerücht, ich sei die Annetta, die einmal um ein Haar von ihrem Onkel vergewaltigt worden wäre, von ihrer Familie verstoßen worden war und ihren Ehemann verlassen hatte. Und während Giacomo sich um einen Anwalt für mich bemühte, verflog allmählich das freundliche Grüßen. Man vermied es schließlich sogar, mit mir im selben Aufzug zu fahren, und mehr als einmal hörte ich, wie man mich eine »Besessene« schimpfte. Ich war abgestempelt, für den Rest meines Lebens.

Ich tat so, als kümmerte mich das Gerede der Leute nicht und arbeitete weiter. Manchmal besuchte Giacomo mich mit meinem Anwalt, dann waren die Mienen am nächsten Tag noch düsterer. Keiner dachte daran, daß ich mein Kind wegen seines wahnsinnigen Vaters verloren hatte. Der Sündenbock war ich, und ich mußte bezahlen. Wofür?

Ich hatte noch niemals die Sonnenseite des Lebens kennengelernt, obwohl ich noch fast ein Kind war. Aber so einfach würde ich mich nicht geschlagen geben, ich hatte zwar keine Hoffnung auf eine bessere Zukunft, aber zumindest wollte ich die Gegenwart genießen und ab und zu an die Vergangenheit denken. An mein Kind. Warum hatte ich nicht früher erkannt, wie sehr ich es liebte? Warum hatte ich ihm so wenig gegeben?

Wenn ich jetzt mit ihm sprach, dann tat ich es als lebendige Frau, die zu kämpfen bereit war, notfalls auch gegen ihren Mann, der den Tod seines eigenen Kindes verschuldet hatte. Vielleicht hätte ich meinem Baby wirklich ein anderes Leben erschließen können, doch dazu hätte ich es fortbringen müssen von hier, fort von Nicola. Es hätte mir die nötige Kraft dazu gegeben. Was tust du, lehnst du dich auf? Ja, das tue ich, denn du hast mir meinen Lebensmut wiedergegeben, du kleiner Quälgeist, auch wenn du jetzt tot bist. Wer weiß, weshalb ich mir immer vorstelle, daß du ein Junge geworden wärst... Vielleicht wollte ich einen hübschen, sanftmütigen Sohn, um all die übrigen stumpfen Kerle hier aufzuwiegen... Aber nicht nur bei den Männern gibt es diese Unfähigkeit zu lieben; sieh dir doch nur einmal meine Mutter an, deine Oma, ist die vielleicht ein Ausbund an Gefühl? Du kommst mir so weise vor, wahrscheinlich weil du bereits bei meiner Großmutter bist und womöglich gar nicht so weit weg von Jesus selbst... Ob man sich dort oben erst bewähren muß, bevor man zu ihm darf? ... Unsinn! Weißt du eigentlich, wie dumm deine Mama ist? Doch ich denke, du hättest mich auch so geliebt, auch wenn ich dumm bin und naiv, nicht wahr? Du hättest dafür gesorgt, daß das Leben mir nicht mehr so übel mitspielt wie bisher, daß ich ein wenig glücklicher werde...

Ja, es ging mir besser: Giacomo gab mir viel Zuversicht, denn für ihn gab es keine unlösbaren Probleme, und in seiner Nähe fühlte ich mich nie einsam. Fast jeden Abend überredete er mich, zum Essen auszugehen, so daß ich erst spät abends nach Hause kam. Und die Leute tuschelten. Inzwischen war es fast unmöglich geworden, einkaufen zu gehen: Ich wurde stets als letzte bedient und äußerst unfreundlich behandelt. Scheinbar ekelte man sich sogar vor meinem Geld. Ich versuchte, mir nichts daraus zu machen, aber das war schwierig. Meine Post fand ich jeden Morgen auf dem Boden, neben dem Briefkasten, und etliche Male beschimpfte man mich durch die Sprechanlage als Nutte. Das Gerede, die bösen Blicke, ich hatte genug davon.

Das sagte ich auch zu Giacomo: Zu einem anderen Zeitpunkt hätte er gelächelt und auch mich dazu gebracht; jetzt aber sah er, wie nervös ich war, wie verzweifelt. Er sagte mir, die Leute seien dumm, doch das wußte ich ja, das hatte ich schon so oft auf meinem schmächtigen jungen Rücken zu spüren bekommen. Er wußte nicht, was er mir sagen sollte, wie er mich trösten konnte. Ich hielt es für ratsam, sie zum Schweigen zu bringen, indem wir uns nicht mehr in meiner Wohnung trafen, auch wenn gar nichts dabei war. Das schien ihm zwar grausam, aber er war einverstanden.

Als ich wieder daheim war, dachte ich über meine Worte nach und fand mich zum Kotzen: Um des lieben Friedens willen verzichtete ich nun sogar auf den einzigen Menschen, der mich wirklich mochte: Ich beugte mich den scheinheiligen Moralvorstellungen der Leute, die ich zeit meines Lebens bekämpft hatte.

Ich ging zu Bett und dachte an Angelinas Worte, an ihre Gleichgültigkeit gegenüber dem boshaften Gerede der Leute... Nein, ich besaß eben nicht ihre Stärke. Ich war müde, ich konnte einfach nicht mein ganzes Leben lang weiterkämpfen... Besiegt... Von mir selbst und meiner verdammten Schwäche, ein schutzloses Mädchen in einem Rudel Wölfe... hungrige, gierige Wölfe, die nicht einmal so taktvoll waren, ihre Gier zu vertuschen. Das sind meine Leute, sie hatten meine Tränen verschuldet, meine Wut auf alles und jeden, meine Zerbrechlichkeit... Aber der Schmerz verleiht auch ungeahnte Kräfte: Ich hätte zerbrechen können, in tausend Stücke zerbrechen, wie so viele Menschen, wie fast alle. Fast alle, die sich von dieser mächtigen, schrecklichen Mutter verschlingen lassen, die ihre Kinder liebt, aber ihnen die Luft zum Atmen nimmt: Sie tue das aus Liebe, sagt sie... Doch die Liebe hat viele Gesichter, und eines davon, das häufigste, ist die Selbstsucht... Das ist nicht eigenartig, das ist grauenhaft... Und die Kinder begreifen nicht, daß keine Mutter schon allein deshalb vollkommen ist, weil sie Mutter ist, und daß sie ihr helfen und ihr ihre Liebe beweisen, wenn sie sich gegen ihre Selbstsucht wehren... Aber Schafe lehnen sich nicht auf... Sie verstehen nicht einmal, daß sie, wenn sie sich in die gewohnte Schlange einordnen, jeden umbringen, der aus der Reihe tanzt. Tiere! Nur Tiere, die mich zwingen wollten, wie sie zu sein...

Doch nachdem ich mich dem Willen anderer eine Woche lang gebeugt hatte, merkte ich, daß sich nichts geändert hatte. Bist du einmal als Nutte verschrien, dann wirst du deinen üblen Ruf so leicht nicht wieder los, wenn überhaupt... Und in ihren Augen war ich eine Nutte, eine dreckige Nutte... Doch ich hatte die Schnauze voll! Warum sollte ich noch länger mitspielen? Was nützte es mir, wenn mir die Leute zulächelten? Ich brauchte sie nicht, wollte sie nicht mehr sehen.

Ich sprach mit Giacomo darüber und legte dabei eine Entschlossenheit an den Tag, wie sie nur der abgrundtiefe Haß erzeugen kann: Ich mußte fort von hier, und zwar schleunigst. Auch diesmal war Giacomo mir eine große Hilfe: Er vermittelte mir die Wohnung eines seiner Freunde, im Nachbarort, nur wenige Kilometer von dem meinen entfernt.

Zwei Tage später saß ich bereits im Bus und dachte daran, wie es aussehen würde, mein neues Leben: Ich würde allein sein, doch daran war ich gewöhnt, würde auch früher aufstehen müssen, um den Bus zu erreichen, doch das war kein Problem. Jetzt wollte ich nur noch daran denken, daß die Menschen mir keine bösen Blicke mehr zuwerfen, sondern mich freundlich grüßen würden. Immerhin war ich jung, hübsch (jawohl, ich war hübsch!), ein wenig schüchtern zwar, aber freundlich, und so hatten die Leute keinen Grund, mich schlecht zu behandeln.
Gegen drei Uhr nachmittags kam ich an: Der Bus hielt, wie ich wußte, nur wenige Meter von meiner neuen Wohnung entfernt.
Der Ort war klein und öde. Wer die Öde einmal als grau beschrieb, hatte nicht ganz unrecht, weil hier alles grau war: Häuser, Straßen, Gesichter, Mauern, Kleidung… Grau und schmutzig… Die kleine Piazza war übersät von Zigarettenkippen, die graue, schmutzige Hände gehalten und dann fortgeworfen hatten; die alten Männer im kommunistischen Verein, dessen Fahne, Hammer und Sichel, verschlissen, das Rot verblichen, die Gesichter der Alten grau und runzelig; die jungen Männer schlampig gekleidet, wie Plakate an den Wänden klebend, müde vom untätigen Herumlungern, auch ihre Gesichter grau und schmutzig.
Doch es gab auch einen Park, zumindest nannte ich

es so, das kleine Fleckchen Rasen, auf dem ein paar Bänke standen und sechs oder sieben Bäume, denn das unverhoffte Grün, die plötzliche Sauberkeit, ließ es mir wie eine riesige Parkanlage erscheinen. Ich pflegte von nun an meine Sonntage dort zu verbringen, bei Sonne und bei Regen, mit meinem Tagebuch. Ja, ich hatte begonnen, ein Tagebuch zu führen, weil sich so gar nichts ereignete. Um Gesellschaft zu haben. Und um meine Gedanken aufzuschreiben, auch die belanglosen. Ich beschrieb, was ich sah, die Menschen, das Wetter, die Ameisen... Ich war allein! Der Park war eigentlich nicht sehr weit entfernt von meinem neuen Zuhause, und doch schien er in einer anderen Welt zu liegen.

Am Tag meiner Ankunft sah ich unterhalb von meiner Wohnung eine Bar. Ich beschloß, meine Koffer auszupacken und dann eine Kleinigkeit in dieser Bar zu essen.

Neben meiner Wohnung stand eine Tür offen: Während ich nach meinen Schlüsseln suchte, trat eine Frau in den Eingang. Sie war um die Dreißig und begrüßte mich überaus freundlich. Ich sei die neue Mieterin, sagte ich ihr, und sie antwortete, sie sei froh, daß ich noch so jung sei, weil vor mir zwei ältere Leute hier gewohnt hatten... Sie lud mich auf einen Kaffee zu sich ein, und während wir über dies und jenes plauderten, erfuhr ich alles Wissenswerte über sämtliche Einwohner des Ortes.

Ich hatte zwar ein offenes und freundliches Wesen, aber etwas in mir mißtraute dieser Giovanna: Sie redete einfach zuviel und hatte für niemanden ein gutes Wort. Natürlich überhäufte sie mich mit Fragen, und um ihnen auszuweichen sagte ich ihr, ich sei gerade erst angekommen, hätte noch nichts gegessen und würde daher kurz in die Bar hinuntergehen.
Sie starrte mich an wie einen Geist. »In die Bar willst du?« In ihren Augen konnte ich die Frage lesen, welche Sorte Frau ich wohl war.
Ich wollte mir doch nur ein Brötchen kaufen, versuchte ich sie zu beschwichtigen, immerhin sei ich am Verhungern. Sie würde mir lieber etwas kochen, bot sie mir an, sie hätte zwar nicht viel im Haus, aber alles sei besser, als in der Bar zu essen. Ich wußte, sie würde mich mit ihren Fragen löchern und überlegte mir deshalb eine passende Geschichte. Ich hatte ja eigentlich nichts zu verbergen, aber dieser Frau war nicht zu trauen. Sie musterte mich, und man konnte nicht wissen, was sie dachte; doch das kümmerte mich nicht mehr besonders, denn ich würde das Leben einer Nonne führen in diesem Ort.
Wie naiv ich doch noch immer war! Wie konnte ich nur so dumm sein zu glauben, man würde mich in Ruhe lassen? Um sieben Uhr morgens ging ich außer Haus: Wohin? Das Dorf war um diese Uhrzeit menschenleer, bis auf die paar Leute, Männer

natürlich, die sich in der Bar eingefunden hatten ... Ich stieg in den Bus: Wohin fuhr ich? Zurück kam ich täglich um acht Uhr abends, wenn das Dorf sich bereits zum Schlafengehen bereit machte; doch der eine oder andere hatte bestimmt noch ein waches Auge für mich und machte sich seine Gedanken: Wo war ich gewesen? Inmitten all dieser Fragen ohne Antwort nahm mein Leben seinen gewohnten Gang: Und abends war ich stets so müde, daß ich nicht einmal mehr träumen wollte, nur noch schlafen.

An einem dieser leeren, haßerfüllten Abende läutete die Türklingel. Es war elf Uhr nachts, und ich dachte schon, jemand habe sich einen Scherz erlaubt.

Es war Nicola. Ich sagte ihm, daß ich ihn nicht hereinlassen würde und rief hastig Giacomo an: Doch ich erreichte nur den Anrufbeantworter und hinterließ eine aufgeregte Nachricht auf Band. Ich wollte nicht, daß Nicola meine Wohnung betrat, doch nach fünf Minuten begann er laut zu werden, und die Leute wurden auf ihn aufmerksam. So blieb mir nichts anderes übrig, als ihn einzulassen. Er war eigenartig aufgekratzt. »Hast wohl 'nen Kerl hier, was? Hast mir Hörner aufgesetzt.«

Er gab mir einen vulgären, brutalen Kuß, und mir wurde fast übel. Dann zündete er sich eine Zigarette an, ging in mein kleines Wohnzimmer, ließ sich

auf das Sofa fallen und sah mich an. Sein Gesichtsausdruck war merkwürdig abwesend…
»Bist also tatsächlich gegangen, eh? Hast uns alle verarscht und bist abgehaun… Bravo, Annè…«
Seine Hände fanden keine Ruhe.
»Schwamm drüber, ich trag dir nichts nach, hab dir ja ganz schön was eingebrockt…«
Seine Stimme hatte einen eigenartig fremden Klang. Ich war mißtrauisch.
»Du mußt mir helfen, Annè…«
»Ich? Und wie?«
»Ich brauch Geld, muß verduften…«
»Was hast du denn angestellt?«
»Ich will's dir sagen, Annè, aber es muß zum einen Ohr rein und zum andern wieder raus… Die Leute, weißt du noch, die mal bei uns waren…«
»Keine Sorge, selbst wenn ich wollte, könnte ich die nicht vergessen… Wegen ihnen hast du mein Kind umgebracht…«
»Das sind wichtige Leute, Annè, und Geld stinkt nicht… Mit denen ist nicht zu spaßen… Ich hab auf einen von denen geschossen, verstehst du? Aber der will einfach nicht krepieren, und jetzt denken sie, ich bin ein Spitzel, mein Leben ist keinen Pfifferling mehr wert, die Bullen sind hinter mir her… Ich hab auf einen geschossen, Annè, und jetzt fühl ich mich mies, seh immer noch sein Blut vor mir… ich muß verduften… Das Blut, die Bullen, mir platzt gleich

der Schädel…« Er weinte. Ich gab ihm das wenige Geld, das ich im Haus hatte, und er küßte meine Hände, als er es nahm…

»Du bist das einzig Saubere in meinem Leben… Bleib so…«

Er ging, ohne mich zu küssen, und schärfte mir ein, niemandem ein Sterbenswörtchen zu verraten.

Ich versuchte immer wieder, Giacomo zu erreichen, und endlich war er zu Hause. Ich erklärte ihm alles: Er wollte sofort zu mir kommen, doch ich sagte ihm, ich müsse nun allein sein.

Am folgenden Tag erhielt ich die Nachricht, daß Nicola getötet worden war, und ich fühlte mich schlecht, denn mein erster Gedanke galt dem Geld, das ich vergeudet hatte.

Giacomo war noch liebenswürdiger als zuvor, sofern das überhaupt möglich war. Er fragte mich, wie ich zurechtkam in meiner neuen Wohnung, in dem Ort, sah, wenn ich müde war, und überraschte mich oft mit Süßigkeiten. Er sagte, er würde mich vermissen, obwohl ich jeden Tag bei ihm arbeitete. Und er überhäufte mich förmlich mit guten Ratschlägen, sprach dabei aber ganz leise, als wolle er sich dafür entschuldigen: Vor allem vor den Männern warnte er mich.

Einmal führten wir ein merkwürdiges Gespräch: Er sagte mir, ich sei jung und alleinstehend, ideale Voraussetzungen, um sich zu verlieben, ich sollte mich

also um Gottes willen vor all diesen dümmlichen jungen Burschen in acht nehmen, die doch nur eines im Sinn hätten, nämlich mich zu verführen ... Ich sollte vorsichtig sein, denn eines Tages würde der Richtige kommen, aber bestimmt nicht hier bei all diesen stumpfen, brutalen Kerlen ... Ich würde einen Mann finden, der mich lieben, verstehen und behüten würde ... Ich solle also auf mich achtgeben, schon weil wieder jemand herausfinden könne, wer ich war, und dann das Gerede wieder anfangen würde.
Ich verstand nicht, weshalb Giacomo mir das sagte. Im Moment interessierte mich wirklich kein Mann. Aber mit seiner letzten Bemerkung sollte er verdammt recht behalten! Denn nach einem Monat hatte Giovanna erfahren, wer ich war, und wenn sie es wußte, konnte man sicher sein, daß es schon bald der ganze Ort erfahren würde.
Ich trug eine große Last: Da ich die Leute nicht selbst aufgeklärt hatte, glaubten sie automatisch alles, was ihnen Boshaftes zugetragen wurde. Ich war die »Fremde«, die beinahe von ihrem Onkel vergewaltigt worden wäre, die Schande über ihre Familie gebracht und dann geheiratet hatte, die ihren Mann verlassen hatte, weil sie den Teufel im Leib hatte, die mit ihrem Arbeitgeber ein Verhältnis hatte, da gab es keinen Zweifel, sich von ihm bumsen und aushalten ließ. Das war ich.

Giovanna sagte kein Wort zu mir, aber ihr Blick sprach Bände! Wir begriffen sofort, Giacomo und ich, daß sie den Hauseigentümer informiert hatte: War das noch wichtig? Ich verbrachte ohnehin nur die Nächte und Wochenenden in diesem Ort. Das kleinliche Gerede konnte mir doch gar nichts mehr anhaben, sagte ich mir.
Aber weh tat es doch, sogar empfindlich weh. Es warf mich zurück in die Vergangenheit, die ich dadurch noch einmal erleben mußte, bedrohte meine kostbare Freiheit, die ich mir so schwer erkämpft hatte. Wie trist war mein Leben an manchen Sonntagen... Ich wagte mich nun nicht mehr in den Park. Mir war zwar nichts geschehen, aber ich hatte Angst, jemand könnte mir wieder anklagende Blicke zuwerfen... Ich hatte es satt, mich angegriffen zu fühlen, den Blick senken, ihn starr auf die Seiten meines Buches heften und so tun zu müssen, als seien mir die Leute allesamt gleichgültig. Vielleicht sollte ich ihnen geradewegs in die Augen sehen, sie provozieren, anstatt ihren Blicken auszuweichen: Ja, das sollte ich tun... Nein, ich wollte meine Ruhe haben, wollte mich in den Schutz meiner Wohnung zurückziehen... Aber was für eine Frau war ich? Warum erkämpfte ich mir nicht die Achtung, die ich verdiente?
Eines Nachmittags wagte ich mich hinaus, nachdem ich lange Zeit mit mir gerungen hatte.

Ich konnte mich selbst nicht leiden, fühlte mich wie Ungeziefer, wie das elendste Geschöpf auf Erden, ohne Mut und vor allem ohne Würde ... Wer konnte mich leiden? Wenn meine Mutter gewußt hätte ... An wen sollte ich mich wenden in meiner Traurigkeit? An Angelina? ... An Giacomo? ... Warum waren sie nicht bei mir?
Schluchzend warf ich mich auf mein Bett und rief nach meiner Oma, grub das Gesicht ins Kopfkissen und fühlte, wie es naß wurde von meinen Tränen ...
Eines Sonntags kam dann Giovanna zu mir. Ich hatte verweinte Augen, obwohl ich mir schon mehrmals das Gesicht gewaschen hatte. Als ich die Tür öffnete, merkte ich an Giovannas Blick, daß das kalte Wasser wenig genützt hatte.
»Geht es dir nicht gut?« fragte sie.
Ich bat sie herein und sagte, ich fühlte mich ausgezeichnet. Wir waren beide verlegen. Giovanna musterte mich, und ich fühlte ihren kritischen Blick, obwohl ich die Augen gesenkt hielt, und wünschte, ich wäre verdammt noch mal stark genug, den Kopf zu heben, ihr in die Augen zu sehen und ihr zu sagen, sie solle mich endlich in Ruhe lassen.
Statt dessen Höflichkeitsfloskeln: der Ehemann, die Wohnung, das Wetter. Ich schwieg und entdeckte damit meine starke Seite, das Schweigen. Giovannas Verlegenheit wuchs, und ihre Worte wurden immer belangloser. Woran dachte ich in diesem

Moment? Vielleicht an die Beschränktheit der Leute, vielleicht an den Augenblick, in dem ich sprechen würde, vielleicht an mein mutiges Schweigen, vielleicht an meine Mutter, vielleicht an alles auf einmal...

Als sie sich endlich dazu entschlossen hatte, nicht mehr um den heißen Brei herumzureden, war es zu spät. Ich war wie verwandelt: Das Schweigen hatte mich gestärkt.

»Die Leute reden über dich... Ich sage dir das nicht, weil ich gerne tratsche...«

Ich hörte ihr zu.

»Ich wollte dir nur sagen, daß... Nun ja, wenn du mit deinem Giacomo richtig zusammen wärst, statt dich nur... ja, statt dich nur aushalten zu lassen... Dann würden sie schon aufhören zu reden.«

Ich sah sie an, meine Augen waren hart.

»Und wer sind die Leute?«

Einen Augenblick lang verschlug es ihr die Sprache.

»Nun... das Dorf eben. Die Menschen hier...«

Meine Augen funkelten ironisch. Das ärgerte sie sichtlich.

»Du willst wohl nicht begreifen, daß man nur das Beste für dich will...« Sie stand auf. Ich öffnete ihr die Tür, und ihr Abschied schien endgültig: »Denk an meine Worte.«

»Und wer soll das sein, die Leute?« fragte ich noch einmal und schloß die Tür. Endlich war ich mit mir im reinen. Ja, wer sollte das sein, die Leute? Giovanna? Der Postbote? Was konnten sie für mein Leben bedeuten? Konnten sie Annetta jetzt noch etwas anhaben? Jetzt, da sie vielleicht endlich begriffen hatte, worum es hier ging? Jetzt, da sie den Blick nicht mehr gesenkt hielt, weil sie stolz war auf sich, weil sie nichts Schlechtes getan hatte, weil man sie verurteilt hatte, ohne sie anzuhören, und weil sie sich das nicht mehr länger gefallen ließ? Nein, diese Leute bedeuteten mir gar nichts. Ihr Urteil glitt an mir ab, und so würde es auch bleiben.

Sofort schrieb ich Angelina einen Brief. Am nächsten Tag erzählte ich Giacomo von Giovannas Besuch und spürte, daß ich eine Heldin gewesen war.

»Jetzt kann ich von hier fortgehen…«

»Mußt du wieder flüchten, Annetta?«

Nein, das war keine Flucht, das hatte ich nicht mehr nötig. Ich konnte fortgehen, ohne mich im Unrecht zu fühlen, fort in eine bessere Zukunft. Ich wollte einfach nicht mehr hier bleiben.

Giacomos Augen wurden traurig, denn er hatte verstanden. Da begriff auch ich, daß dieser Mann mehr für mich empfand als Zuneigung. Das behielt er jedoch für sich, und ich werde es ihm immer danken. Er bot mir nur ein wenig Geld, damit ich ein neues Leben anfangen konnte. Ich nahm es, betrachtete es jedoch als ein Darlehen: Irgendwann würde ich es ihm zurückzahlen, das wußte ich.

Ich wartete auf Nachricht von Angelina. Sie schrieb mir schon bald, daß sie gerne bereit war, mich bei sich aufzunehmen.

Der Abschied von Giacomo war kein endgültiges Lebewohl. Ich gab ihm Angelinas Adresse, und während er mich an sich drückte, berührten sich unsere Lippen. Das war auf dem Bahnhof, inmitten der Leute, die natürlich eifrig tuschelten.

Dann stieg ich in den Zug. Ich hatte Giacomo versprochen, mich aus dem Fenster zu lehnen und ihm wie im Film mit einem Tuch zuzuwinken: Ich hatte es vergessen, und als ich schließlich zum Fenster eilte, sah ich, wie er langsam den Bahnhof verließ.

Wenn einer das Land hier verläßt, nimmt er eine Handvoll Heimaterde mit sich. Ich dagegen spuckte auf diese verfluchte Erde und werde sie dennoch für alle Zeit bei mir tragen.

Lara Cardella

Fedra

Roman

Aus dem Italienischen von Christa Efkemann

Band 11777

In einer sizilianischen Kleinstadt entwickelt sich ein Drama um eine wahnsinnige, besitzergreifende, egoistische Liebe. Erst nachdem die junge Fedra den Witwer Teseo geheiratet hat, erfährt sie von der Existenz von dessen wunderschönem Sohn. Sie setzt alles daran, den labilen Ippolito kennenzulernen...

Ich wollte Hosen

Roman

Aus dem Italienischen von Christel Galliani

Band 10185

Lara Cardella beschreibt exemplarisch den sizilianischen Macho und die Ausbeutung und Unterdrückung der (sizilianischen) Frau. Sie zeichnet die archaischen und derben Bräuche ihrer Heimat nach – und kam dadurch in große Schwierigkeiten.

Laura

Roman

Aus dem Italienischen von Christa Efkemann

Band 11071

Eine dramatische Familiengeschichte über die vielfältigen Formen von Eifersucht. Laura hat in die Familie der Giubertis eingeheiratet und findet in ihrer Schwiegermutter, Mamma Giuberti, eine zähe Widersacherin.